消された街

―ある伝染病との闘いの記―

安芸 都司雄
AKI Toshio

文芸社

目次

「消された街」

プロローグ

青年は期待に胸をふくらませながら、街に足を踏み入れた。青年は街の生き生きとした息づかいをそこここで聞いた。あちらこちらの街角では重機が重層な音をたてて動き回り、槌音《つち》が響きわたっていた。路上には数え切れないほどのトラックが連なり、行き交う車は車体をうねらせ、警報音を響かせながら走り去っていった。その間を多くの建設作業員や職人が行き交っていた。彼らの顔には生気がみなぎっており、仕事に精を出していることがうかがわれた。建築に携わっている誰もが、各々の目的の為に、汗をかきながら働いていた。そして今日も一軒、明日も一軒と、新築の家が雨後の竹の子のように建とうとしていた。

青年はその間をかいくぐりながら、奥へ奥へと進んでいった。

〝新しい街ができつつある、私はこの街で自分の青春と人生を賭けるんだ〟

青年はさらに歩を進めた。奥の方は広々とした更地になっており、辺り一帯を見渡すことができた。

〝あの辺りだろうか〟

青年は市の職員からもらったメモを頼りに歩を進めていった。そして急にゆっくりとした足取りになった。

〝ああ、あれだ、あれ〟

青年は独り言を呟きながら、一目散に目標を目ざした。

〝なかなかりりしい姿をしている。あれがこれから住む館だ〟

曲がりくねった道を進むと、青年はその建物の前に立った。建物の庭には常緑樹が生い茂り、周りの喧噪とは打って変わって、静かにそして落ち着いた雰囲気を醸し出していた。二階建ての一軒家であった。

〝確か二十五年前に診療所は新築されたと聞いたけど、まだまだ真新しくみえるな〟

そもそも青年がこの診療所に来たのは、○○市で診療所の院長を求人していたのを知ったからである。二十年前に診療所が閉鎖されたものの、再開するので院長を募集するという内容であった。

青年は某医科大学を卒業し、六年間でほぼ全科を研修し、その後外科を三年間学んだ。そして自分なりの納得のゆく医療を行いたいと考えるようになり、すぐさま応募したのである。市の担当者と面談を行うと、応募者は青年一人だけであり、採用はすぐ決まった。その際担当者が言うには、

「詳しいことは私どもにもわかりかねますが、あの地域一帯は、二十年間放置されていました。このたび再開発されることになり、住民がぞくぞくと入ってきますので、診療所の再開が必要となった次第です」とのことだった。

青年はさらに詳しいことを尋ねようと思ったが、二十年も前のことでもあり、当時を知る者もいないと思い、又二十年前のことと現在のこととは関係がないことだとも思い、それ以上尋ねなかった。他の条件は青年の希望にかなってもいた。

面談後、車で診療所の外観を見せてもらっていたが、歩いてくるのは初めてで

あった。自分の目と足で診療所を訪れたかったからである。

　青年は門を見た。門の看板には、鹿内外科内科と標記されていた。そこには診療時間などが書かれてあり、その下に住所が記載されていた。

〝栄町だったような気がするけど、看板には春山町とある。自分の思い違いかな〟

　青年は首をかしげたものの、その疑問は次の行動で消えていた。

〝そうだ、鍵だ。どこに入れたかな、ああ、あった〟

　もどかしそうに青年は背広のポケットに深くしまい込んだ鍵を取り出すと、診療所の入り口のドアの鍵穴に差し込んだ。ガチャという響きが手に伝わり、青年はゆっくりとドアを開けた。そこには広々とした空間が待ちかまえていた、待合室だった。

　何もかもが二十数年前のようだった。待合室には四～五人が腰掛けられる長椅子が五列ほど並べられ、その長椅子の列の前には広いカウンターのある受付があった。青年は受付を通り越し歩みを進めると、奥に診察室があった。

　診察室には古びてはいるもののどっしりした机があり、厳粛な雰囲気を醸し出していた。もっとも今となっては時代遅れのパソコンが数台、所狭しと机の上を占拠していた。机の反対側は大きな書棚となっており、医学書が整然と並べられていた。その間には居心地の好さそうな椅子が新たな主人を歓迎するかのように手を広げて待っていた。青年はその椅子にゆっくり座ると、大きく頷いた。

診察室からさらに奥に足を運ぶと、処置室があった。だだっ広い空間に数台のベッド、点滴台などが置かれており、水回りも整備されていた。さらにエコー機器や心電計などが整然と並んでいた。水道の右側には棚があり、注射器などの様々な器具がびっしりと並べられていた。青年は再び大きく頷いた。廊下を隔てて処置室とは反対側に部屋があった。鉛の扉だった。開けると、広い空間となっていた。レントゲン室だった。撮影するコンソールとレントゲン室は隔壁されていた。

〝単純撮影用の装置とCTスキャンだな。CTは今ではお目にかかれない機種だけど。このCTを製造していた会社は経営悪化のため、メディカル部門を他社に売ったことを以前に何かで読んだことがある。このCTは、当時のベストセラーの機種だったようだけど、今じゃ時代ものだな〟

ほかに洗面所と風呂場も備わっていた。

〝二階はこんなもんかな〟

青年は軽く頷くと、処置室の反対側に階段があるのを見つけた。青年はきしむ階段をゆっくりとした足どりで上った。二階は四部屋あった。寝室、かなり広い居間、院長室と思われる書斎、そして台所と一体となった食堂であった。夫婦二人暮らしであれば丁度いいのかな、自分一人で生活するには広すぎる、そう青年は思った。

院長室に入ると、二十年という月日が嘘のように思えた。窓ガラスは拭かれてはいないにもかかわらずそう汚れてもおらず、燦々と春の日差しが注いでおり、院長室は生き生きしているように見えた。右側には本棚がありたくさんの書物が所狭しと並び、学問的な雰囲気を醸し出していた。本棚の脇にはゆっくりと横になれるソファが置いてあった。左側には大きな机が置かれ、椅子もあった。青年は院長になったつもりで椅子に座った。診療室の椅子の方が重々しかったが、院長室の椅子は軽快に青年の動きに合わせて動き、座り心地は快適だった。

〝古くなったとはいえ、すべてはこれから使う上で問題なさそうだな〟

青年は笑顔を浮かべた。ふっと机を見ると、フォトフレームに写真がはめられていた。そこには三人の笑顔があった。中央にいるのは、年齢から見て院長だろう、確か六十代半ばと聞いている。その右側に院長に似た若者がいた。院長の左側には、四～五歳と思われる女の子が、神妙な面持ちで右手に人形を抱き左手は院長と手をつないでいた。

〝院長、息子さん、そしてお孫さんか、な。きっと温かい家族だったんだろうな〟

思わず青年は微笑んだ。そしてその目は机の上を漂ったが、ほかには何もなかった。青年は無意識に机の引き出しを開けた。どういうわけか、どの引き出しも空っぽだった。と、その時、真ん中の引き出しの奥に何かがあるのが手探りでわかった。取り出してみると、一冊のノートだった。表紙は厚く、外気にさらされていなかったせいか、古びていなかった。パラパラとページをめくると、几帳面な文字で埋まっていた。

〝二十年以上前に書かれていたとすると、当時の出来事が書かれているんだろうか〟

春の日差しが青年を柔らかく包んでいた。室内の照明などなくても、読むのに何一つ不自由はなかった。いつとはなく青年は、ノートに身も心も奪われていった。

〈鹿内医師のノート〉

この街に来て三十五年あまり経ったであろうか、街とともに私はあゆんだ。この街はかれこれ四十年前に、当時積極的に一戸建て住宅を手がけていた某デベロッパーによって開発された。あの当時サラリーマンにとって、一戸建て住宅に住むことは夢でもあり、目標でもあった。彼らにとって大都市でのせせこましい生活とは切りはなされて自然に親しみながら生きることは切なる願いでもあった。大都会で競うように立ち並ぶマンションとは違い、戸建て住宅には多くの魅力があった。広い道路が美しい曲線を描いて街中に張り巡らされ、そこに一定の坪数をもった住宅が雨後に竹の子が生えるように、次々に建てられていった。街の外は緑に囲まれ、ほとんど人は住んでおらず、この街だけが活況を呈していった。

私が開業した時には、すでに魅力的な街並みができあがっていた。当時移り住んだのは、四十代から五十代の働き盛りであり、誰もが生き生きとしたまなざしを浮かべながら暮らしていた。街は活気に満ちたものだった。私はそんな環境が気に入ったために、息苦しい空気の中でこせこせと功績を競い合わなければならない大学の医局を離れ、この地で開業することにしたのである。当時多くの住民は若くて健康ではあったものの、急性の疾患にかかることもあり、対応に追われることも多かった。あるいは予防接種や様々な感染症、怪我などで、街に一つしかないこの診療所に住民はやって来た。だから当時はそれなりに忙しかったものである。

丁度街の真ん中に小学校と中学校、スーパーや郵便局などがあった。朝の通学時間帯には、多くの生徒が友達とわいわいガヤガヤ言いながら、力強い足取りで校門に吸い込まれていったのを、私は昨日のことのように思い出す。その一〜二時間前には、スーツ姿の中年の男女が、バスに乗るためにバス停に並んだ。あるいはバスに乗らない男女は蟻が行儀良く並んで進むように、ひたすら一つの方向に黙々と、夏も冬も歩くのであった。バスの乗客も歩行者も、行き着く先は同じだった。駅があったからである。しかも大きなターミナル駅となっており、中心部には市役所があった。人口五十万人ほどのこの市は、県の中心地でもあった。隣駅には県庁があり、多くの人が駅に集中したのである。というのも駅には四つの路線が乗り入れており、そこからさらに大都市に向かってサラリーマンの流れが続いたからである。特にラッシュアワー時には、混雑が激しかった。今ではその混雑ぶりは想像できないのだが。

だが、いつ頃からだっただろうか、そんな光景は次第に失われていった。長い年月がこの街を変えたのである。ほとんどの子供は高校を卒業すると、大学進学のために街を離れ、そして就職すると、もう街には戻らなかった。他の若者も、大都市へと消えていった。彼らは正月や盆休みの数日間は家族を連れて帰省するものの、その期間が終わると去っていった。その間だけは街は喧噪に包まれたものの、彼らが帰って行くと静寂に包まれた。息子や娘は大都市で各々の家庭を築いており、親元にはいろいろな理由で戻らなかったのである。そして若者がいなくなり、小学校や中学校も閉鎖されてしまった。開業して三十五年余り経った今、それなりに住民の入れ替わりはあり、若い世代も入っては来ていたものの、四十代以下の住民は少なかった。住民の多くは定年を迎えたままこの地に居ついたのである。かくして八十歳前後の者が多くなっていた。さらにその後移転してきた者も、定年を迎えて居住してきた者が多かった。ほとんどの者は、六十歳を超えていた。

それでも街には明るさがあり、診療所もその恩恵を受けていた。

今日も素晴らしい天気だった。受診する患者の多くは陽気だった。小さな街である、お互いに顔見知りが多く、待合室は私語で溢れていた。話の中心になるのは、まさに日常そのものであった。

「あら、おはよう。昨日は手芸の会でお会いしましたわね。あなたの刺繍はすばらしかったわ」

「いえいえそんなことはございませんわ。そんなことより、あなた様の造られた陶芸品の数々はどこに出してもおかしくないほどの出来ばえでしたわ」

そこに別の老人が割って入った。

「あなたたちは、そんなこともやりながら、クロールを何メートルも泳いでいると聞いたよ、素晴らしいじゃないか」

「あなた様こそ、公民館で開かれる卓球大会では、並々ならぬ腕前をみせておられ、見とれるほどでした」

こんな会話が毎日のように、待合室に行き交っていたのである。

だが、平和なこの街にも、影が忍び寄っていた。それは月並みの言葉でしか言えないが、誰もが年をとるということであった。

四十年前とは様変わりした街がそこにあった。老人が住む街、いや老人しか住まない街になっていった。悲しいものである。杖をついた老人がゆっくりとした足取りで歩道を歩いて行く。よく見ると、反対の手で老いた妻の手を取りながら、とぼとぼと歩いて行くのである。あるいはゆっくりとカートを引きながら、なだらかな坂を、背中を丸めて顔をも上げずに懸命に歩を進めてゆくのである。その遅々とした歩みを診療所の二階の窓から見ていると、ふっとため息をつかざるを得なくなる。しかも多くの老人は外に出ることもせず、じっと家の中で生活しているのである。子はおらず、年老いた夫婦が二人、寄り添いながらあるいは睨み合いながら、二人にとっては大きすぎる無用な空間に身をまかせるのである。もっと困ったことに、一人暮らしの老人は行き場のないわびしさを友にしながら、日々をじっと耐えるのである。その心の中はうかがい知れないものがある。

問題はそれだけではなかった。年老いた者に大きく忍び寄る現実が、この街をじわじわと変化させていった。認知症だった。高齢化と認知症、二つの事態がこの街の主役となっていった。そしてしかし、私はそんな患者を多く診てきた。消えゆく街において老いた夫婦がどうやって生きるのか、私は記録しようと思い立った。もちろん私の一方的な見方で描かれている以上、誤った見方をしているのかもしれないし、独断的な見方をしているのかもしれない。だが人生の黄昏を迎えて、夫婦はどう生きてゆくのだろうか。このノートを読む者にとって幾ばくかの参考になるのであれば、幸いである。私もいずれ同じ道をたどるかもしれないのである。以下の事例は、カルテの記録と私の記憶を通して描かれたものである。各々のケースには表題をつけることにした。

〈消えゆく街〉

〔同級生〕

老夫婦は二人連れで私の診療所に通院していた。お年寄りにありがちな高血圧やラクナ梗塞と呼ばれる小さな脳梗塞などはあったものの、日常生活に支障はなかった。仲睦まじい夫婦だった。診療所から歩いて十五分程度のところに家があり、この分譲地の端に位置していた。二人はそれぞれが家庭内での仕事を分担しており、その日その日の生活をつつましく、そして充実しつつ過ごしていた。銀行にも仲良く出掛けていた。そこに他人の入る余地はなかった。

聞けば、二人とも幼なじみで同じ小学校に通っていたという。社会に出てからは別々の人生を歩んでいたが、偶然再会し、結婚したという。だが、子宝には恵まれなかった。夫婦には親戚と呼べる者は一人もいなかった。しいて言えば、妻の甥の子がいたらしいが、音信不通であった。

そして、どれくらい経ったであろうか、夫に認知症の症状が現れた。同じことを何度も言うし、言ったことをすぐ忘れてしまうようになったのである。もっとも、認知症の症状が急速に進行したわけでもなかった。二人の生活に支障はないように見えた。

しかし、今度は奥さんに変化が生じていた。膝の痛みや腰の痛みが強くなり、歩行がおぼつかなくなり、少しずつ進行したのである。しかも困ったことに、以前からあった難聴が次第に進行し、コミュニケーションが取りづらくなっていった。奥さんは控えめな人で、頭はしっかりとしていたようであったが、難聴のために、私とは十分な話ができなくなっていた。そんな奥さんに夫は目配せしながら微笑むのであった。

（いいだろうお前……）

そして奥さんもそっと微笑むのであった。手と手を取り合うことなどするはずもなかろうが、二人は二人だけの世界を築いていた。幼い頃からの蓄積された様々な思い出が二人の世界を築き上げ、豊かな気持ちにさせていたのかもしれない。

そんな日々がどれくらい続いたであろうか、奥さんの歩行障害はさらに進行し、外出することも困難となった。しかも難聴がさらに進行したために、大声でしゃべりかけると、どうにか意思の疎通ははかられはしたものの、話はほとんど通じなくなった。夫は足腰が丈夫であったが、言ったことをすぐ忘れるために、二人での生活は困難となっていった。それでも二人は仲良く過ごしていた。

私はケアマネジャーの田代さんに相談した。二人ともに要介護と認定された。そして毎日ヘルパーが二人の世話をするようになった。それでも二人は自分たちの生活を守り、役割分担を決め、できることは自分たちで行っていた。

だが、そんな生活がいつまでも続くはずはなかった。月一回の診察のためヘルパー同伴で診療所に二人は来るようになってはいたが、奥さんの足取りはおぼつかなくなり、夫の認知症は少しずつ進んでいった。そして、通院できなくなったのである。やむなく私は、二人の住む家に行くことになった。正確に言うと訪問診療をすることになったのである。ヘルパーやケアマネジャーと相談しながら月一回、二人のお宅にお邪魔するのである。訪問したからといって何をどうするでもなく、ただただ二人を相手に雑談をする程度でしかなかった。もっとも奥さんとは十分な話はできず、同伴していたヘルパーからいろいろと事情を聞くことが多かった。それでも夫と奥さんは仲睦まじく私を出迎え、見送ってくれた。

それなりに均衡がとれた生活をしていたと思っていたものの、その均衡が崩れるのも時間の問題だった。奥さんはさらに動かなくなり、部屋の片隅でじっと一日中過ごすようになった。夫も尋ねられればいろいろなことをしっかりとした口調で喋るものの、少し時間が経つと話したことを忘れ、同じ話を繰り返すようになった。食事はヘルパーが用意していたが、時には即席ラーメンなどがちゃぶ台に並ぶこともあった。まずいなと夫は言いながら、ほとんど残すことはなかった。奥さんは文句を言うでもなく、夫や私に笑顔を向けるばかりだった。薬はヘルパーが管理していた。外出は二人ともできなくなっていたが、それなりに日常生活を営むことはできたのである。

だが、それも長くは続かなかった。お金の管理ができなくなったのである。それまでは曲がりなりにも、二人で銀行に行ってお金を引き出していた。しかし奥さんは足が動かなくなり、夫は記憶力の低下がさらに進行し、銀行へ行けなくなったのである。

日常生活も支障を来しただけではなく、金銭管理もできなくなったのである。ケアマネジャーの田代さんが来て、「いよいよ、後見人制度を導入する必要があります」と、私に告げた。私は後見人が必要であるとする書類を裁判所に提出した。どれくらい経ったであろうか、市に住む弁護士が後見人に決まった。法的な根拠のある弁護士が、家財の一切の管理を行うことになった。もちろん預金通帳もその中に含まれる。お金の出し入れは、すべて弁護士の管理の下に置かれることになった。

事はつつがなくいくように見えた。だが、夫は後見人制度の意味も現実も全く理解していなかった、いやできるはずもなかった。その話をしても奥さんは笑うばかりだった。夫は私が訪問するたびに、

「私の預金通帳をあいつが取ってしまった。返してほしい。通帳がない。先生、なんとかしてください」

だが、私には何の権限もなかった。おまけに夫婦が何かを買いに行こうとしても、実際には何も買うことができなかった。奥さんばかりではなく、夫も自宅から外に出ることも極めて困難となっていたからである。そして何を買いたいのか、二人にはそ

の意思もはっきりしなくなっていた。それなのに、夫は弁護士を責めたのである。

「あいつは、俺の預金通帳を持っていって返さない。返してほしい」と。

その姿は可哀想でもあり、ある意味滑稽でもあった。すでにお金を持つことの意味が二人にはなかったからである。だが、後見人制度は患者にとってむごいものでもあった。お金ばかりではなく、自由をも奪われたからである。

そんな日々がどれくらい続いたであろうか、私は突然ケアマネジャーの田代さんから連絡を受けた。

「鹿内先生、今朝ヘルパーがいつものように家の中に入ったところ、ご主人が苦しい苦しいと喚いていたそうです。そのすぐ傍には、奥様が無表情で座っておりましたが、ヘルパーの顔を見るとにっこり微笑んだそうです。ですが、このままにしてはおけないので、救急車を呼ぶようにヘルパーに言ってからご自宅に向かいました。そこで救急車に同乗し、ご主人を市立病院に運びました。どうやら誤嚥《ごえん》性肺炎のようです。残された奥様は、ヘルパーが付き添って見ております」

私は午前の診療が終わってから、急いで自宅に向かった。大声でお邪魔しますと言って部屋に入ると、奥さんは相変わらず、にっこりと私に微笑み、座ったまま擦り切れて綿がはみ出した座布団をいつものように私に差し出した。

「先生、ようこそおいでで。主人はそのうち戻って来ますので、お待ちください」

ヘルパーが言い添えた。

「ケアマネの話ですけど、病院ではすでに昏睡状態だそうです。高齢でもあり、認知症も高度で、奥様も話し相手にならず、ご家族もおらず、後見人は来られない、どうすればいいですかと救急外来の先生に尋ねられたので、お任せしますと申しましたら、何もしないことにしました、ということです。鹿内先生、それでいいんでしょうか」

私はヘルパーの困惑した表情を見つめたまま、動くことを忘れていた。奥さんは部屋の片隅で私を見つめると微笑んだ。

「先生、主人はちょっと出掛けております。そのうち戻りますので」

擦り切れた座布団の上で、深く頭を下げた。私は何をどう言えばいいのか、奥さんの顔から目を逸らすしかなかった。

後日、ケアマネジャーの田代さんが電話で私に報告した。「旦那さんはその晩亡くなりました。奥様にはお話ししたんですけど、理解されておられるかどうか。後見人は最後まで現れませんでした。その後の対処については、何も知らされておりません」

今でも私は月に一度、奥さんのお宅を訪問する。奥さんは部屋の片隅に座っている。難聴のため話は殆んど通じないが、私を見ると、うれしそうに微笑むのである。

「先生、ご苦労様です。主人はちょっと出掛けております。そのうち戻りますので」

目の前に夫を信じる一人の女性《ひと》がいた。

〔夫の責任〕

診療所のドアをドンドンと叩く音で、待合室にいた誰もが振り返った。ドアは大きく開かれ、冬の冷たい風が待合室を吹き抜けた。男は叫んだ。

「女房はここにいるはずだ！」

男はじろりと待合室を見渡した。

「立浪さん、奥様はここにはおりませんよ。介護施設に入所して二カ月になります。そちらに行かれれば、お会いできますから」

私は診察室から待合室に出て、夫にそう言った。夫は口ごもったようであったが、私を申し訳なさそうに見て言った。

「先生、ここにはおらんようです。もしこちらに戻ってきたら、私に連絡していただけませんか？」

待合室に入った時の威圧的な姿は影を潜め、夫は静かにドアを閉めて出て行った。

かれこれ七～八年ほど前からであろうか。夫婦して、高血圧や高脂血症などで月一回のペースで通院していた。夫婦仲良く揃って受診し、雑談に花を咲かせたものである。奥さんは目を生き生きと輝かせ、私に得々と話したものである。

「うちの娘は出来がようござんして、××大学を優秀な成績で出て、生命保険会社に就職し、同じ会社の方と結婚して子も二人おります。幸せな家庭を築いているようで私は満足しております」

奥さんは背筋をまっすぐ伸ばし、私に微笑むのであった。そのたびに夫が背中をつつき、それ以上の話を押し留めたものである、満面の笑みを浮かべながら。

そしていつの頃だったろうか、その関係は微妙に変化していった。

奥さんは診察のたびに同じ話を繰り返すようになり、しかもそれ以外の話をすることもなくなった。髪は乱れ、服装もちぐはぐで、歩行もおぼつかなくなった。家事もできなくなり、失禁するようになった。日常生活に多大な支障が出てきたのである。そのため夫はあらゆることを取り仕切らなければならなかった。それでも月一度の診察には訪れていた。そうしているうちに、夫の表情がこわばったものに変わっていった。奥さんが何か答えようとすると、その背中をどんと叩いた。

「お前、もういいんだ。そこでやめておけ！」

明らかに事態は悪化していた。

「介護保険を使ったらどうですか？」

「手に負えないなら、入所されたらどうですか？」

夫はじろりと私の顔を見つめた。

「私が妻の面倒を見る。そんなものはいらない！」

夫は奥さんを引きずり出しながら、強引に診察室から連れ去っていった。

〝奥さんへの思いが、この人にあるんだろうか〟

だが、ある時事態は動いた。娘が診療所を訪れた。奥さんが自慢するように、聡明な顔立ちをしており、頭の回転のいい人だった。だが顔は曇っており、やや疲れを感じさせた。

「母を介護施設に入所させるよう手続きを取りました。父にはどうにか納得してもらいました。父がすぐ会えるように、この近くの施設です。つきましては、紹介状をお願いいたします」

娘は自分の家庭を守っていかなければならない以上、仕方がなかったのであろう。ことは順調に運び、奥さんは施設に入所した。夫は一人暮らしとなったものの、せっせと入所施設に通っていた。愛情のためか、習慣のためか、私にはわからなかった。そして私の外来にも通院していた。

ところが突然、冒頭のような事態となったのである。自宅にいなければ診療所だ、そう思った夫は、たびたび診療所に来るようになったのである。奥さんが入所したことを忘れてしまっており、奥さんは施設にいると言うと、思い出したように、にっこりと頷き、施設に向かうのである。

そしてどれくらい経ったであろうか、午前の診察が終わる頃、ケアマネジャーの田代さんがみえた。

「立浪様の件ですけど、数カ月前から自宅にこもったまま外に出なくなりました。娘さんからの連絡で自宅を訪れましたが、ただ椅子に座っておられるだけで、動こうともしません。娘さんが時々食べ物を届けていたそうです。なんとか食べられていたそうですが……私が家に行った際は、ただにやっと笑うばかりで。喋りかければ返事はしますが、ただ呟いているばかりでした。一応トイレなどは行かれますが、足腰も弱くなり、このまま自宅では面倒見きれません。娘さんは同居できないというので、娘さんの希望もあり、介護施設に入所の手続きを取りました。幸い、奥様が入所された施設に一つ空きができましたので、手続きを進めます。つきましては紹介状をお願いいたします」

ケアマネジャーの田代さんは、どうにもなりませんねという表情を浮かべ、私の顔を見ることもなく立ち去った。その後、どういう経過をたどったのかわからなかったが、半年ほど過ぎた頃だったろうか、昼休みに、件の娘がひょっこりと私のもとに現れた。

「その節は大変お世話になりました。母は八十九歳、父は九十歳でした。母は三カ月前眠るように息を引き取りました。父はそれなりに元気ではありましたが、つい先日突然食事が喉に詰まって窒息死しました。認知症もひどく高齢でもあり、そう苦しくはなかったそうです。とにかく二人が一緒にいられてよかったです。父は母の面倒を見るのは俺だと自負していたようで、認知症だった母を見ても、嬉しそうにしておりました。母の方はよくわからなかったようですけど、父は幸せだったのかもしれません。父は若い頃、仕事一途の人間で、母も私も放っておかれました。私は父が嫌いで、さっさと家を出て家庭を築きました。最近まで私は父の家に行くことがつらかった。でも家庭を持ってしみじみとわかりました。父の母への思いは、傍から見てはわかるものではありません。仕事を辞めてからは、いつも父は母と一緒に過ごしておりました。短気で暴力的なことをしたりと、いろいろとありましたが、やはり父は母を愛していたんです。愛情を責任ということで捉えるのもおかしいかもしれませんが、父は最後まで母への責任を取ることに命をかけて生きていたように思えるんです。こんなことを言うのも憚られますが、父の母への愛情は、娘の私でも勝てそうにありません。すみません、こんなことを申し上げてご迷惑とは存じましたが、私の感謝の気持ちもお伝えしたいと思って」

その目には涙があったが、その表情はすっきりしていた。深々と挨拶をすると、娘は静かに去った。

老夫婦が暮らしていた家は、すべての戸が閉まったまま、いまだに寂しげにその姿をさらしている。そこに愛の証は、何も残っていない。

〔サクリファイス〕

　ある日、夫が奥さんを連れて診療所を受診した。八十代のご夫婦だった。最近妻の記憶力が低下したと、夫は訴えた。

「ついさっき話したことを、すぐに忘れてしまうようになったんです。数年前からおかしいとは思っておったんですが、この数カ月で、特にひどくなったようです。やはり認知症でしょうかね」

　高血圧はあったものの、たいしたことはなく、薬は飲んでいなかった。他には特に問題なかった。確かに最近の記憶力は低下していたものの、昔の記憶はしっかりと保たれていた。自分の名前や生年月日、住所も正確に言えた。一人で近くのスーパーに買い物に行くこともできた。長谷川式簡易知能評価スケールにて、三十点満点の二十点で、軽い認知症症状はあったものの、日常生活に大きな支障はないようだった。

「認知症といっても、アルツハイマー型認知症やレビー小体型認知症、脳血管障害性認知症などいろいろあります。そのほかにも脳腫瘍や頭蓋内血腫でも似たような症状を呈することもありますから、一応CTスキャンを含めて検査をしてみましょう」

一週間後、諸検査の結果が出た。

「CTでは軽度脳萎縮はありますが、年齢相応でしょうかね。採血を含めて、ほか特にこれといった異常はないようです。アルツハイマー型認知症と診断していいようです」

「どうすればいいのでしょうか？　何かいいお薬があるでしょうか？」

「活動性はどうですかね？」

「まあ、元気はよくて、自分でいろいろなことはしております。家内は刺繍が好きで、たいしたものは作りませんが、市の小さな教室に週一回習いに行っております。一人でバスに乗ってです」

「活動性が低い方には、薬の効果があることがありますが、記憶力低下だけではあまり効果は期待できませんがね」

「先生、そうは言っても、このままにしておけませんから、お薬をいただきたいのですが」

「わかりました。で、ご家族はほかに？」

「二人の息子はすでに独立しており、近くにはおりません。こちらに来ることもほとんどありません。年一～二回、それぞれの家族が顔を見せる程度でしょうか。もっともお正月は皆が集まりますから、それはそれは賑やかで、何日も前から家内は楽しそうにしており、生き生きとおせち料理を作って待っております。孫が一年ごとに見違えるほどに大きくなるので、夫婦で楽しみにしております」

奥さんは孫の名前もすらすらと言えた。

「で、介護保険は申請されましたか？」

「いえ、まだです。そんなもの必要でしょうか？」

「今すぐというわけではありませんが、いずれ必要になるでしょうから、申請はしておいてください」

夫婦は笑顔を浮かべ、夫は丸い背中に余裕をにじませながら、診察室から立ち去った。

その後も夫婦は常に二人連れで月に一度外来を受診した。夫婦仲睦まじく、診察室は華やいだ雰囲気に包まれた。薬の効果もあったといえば、あったのかもしれない。

それから半年が経った頃だっただろうか、いつものごとく診察室を訪れた夫の表情はやや曇っていた。

「実は先日、家内が町で迷子になりました。帰り道がわからなくなったようなんです。道でうろうろしているところを通行人が見つけ、交番に届けてくれました。家内は名前、住所、電話番号は言えましたから、私が迎えに行き事なきを得ました。帰り道、ついでに刺繍教室に立ち寄ったら先生がいらっしゃいましたので尋ねたところ、最近は刺繍の手順を何度教えてもうまくいかなくて、先生もどうしたものだろうかと悩んでおられたようです。『そうですか、認知症なんですね。それでわかりましたわ』ということでした」

奥さんは馬鹿馬鹿しいという表情で私を見てから、振り返って夫を見た。

「嘘ばっかり。主人、最近ちょっとおかしいんですのよ。認知症じゃないでしょうか？」

奥さんはにっこりと夫の頭を指さした。夫にも奥さんにも余裕があるように見えた。

「薬を追加しましょうか。あまり効果は期待できませんが」

ご主人は大きく頷くと、付け加えた。

「リハビリを兼ねて、刺繍教室には行ってもらいます。行き帰りは私が付き添うことにします」

再び二人は何事もなかったかのように診療所に通院してきた。どれくらい経ったであろうか、いつものごとく夫婦は診察室に入った。夫はやや当惑気味に言った。

「先生、最近同じことを繰り返してばかりなんです。あの道具がないと言ってあちらこちら探したかと思うと、もうそのことは忘れて、別の道具を探し出すんです。あっちこっち引き出すものですから、後片付けが大変で。それにいろいろなものを隠してしまうのに覚えておらず、私は見つけるのに一苦労ですわ」

「この人、嘘ばっかり。私は何にも悪いところはございません」

「刺繍教室も、あちらの先生がご無理なのではというので、やめてしまいました」

一瞬の沈黙が訪れた。私は口を開いた。

「今の総理大臣はどなたですかね」

奥さんは怪訝な表情を浮かべ口ごもった。

「なにか大きなニュースはありますかね」

再び怪訝な表情をした奥さんは、きっと私を見た。

「先生、私をお試しになられておられるの、ひどい、意地悪ですわ。私はニュースなど見ません。私はどこも悪くはございませんせん！」

いきなり立ち上がり診察室から立ち去った奥さんを見て、夫はうなだれ、気恥ずかしそうに私に会釈をすると、奥さんを追って足早に立ち去った。

それからどれくらい経ったであろうか、二人で診察室に見えた。夫は困惑した表情を隠さなかった。

「実はつい先日、家内が家から出て帰ってこなくなりました。ご覧の通り、健脚なもので。近所をあちらこちら探してみたものの、見つからなくて。薄暗くなっており、真冬でしたし。どうなるかと思っておりましたら、一緒に探してくださっていた近所の方が警察にお願いしたらどうかというので、もしものこともありますから、警察に連絡しました。それからそう時間が経たないうちに、あの幹線道路をトボトボと薄着で歩いているのが発見され、無事に戻って来ました。風邪も引いてはいないようでした。元気なのでほっとしましたが、車に轢かれる事態もあり得たかもしれないと思うと、思わずぞっとしました。先生、症状は進んでいるようです」

奥さんは人ごとのように話を聞いていたが、理解できないように夫を見た。

「それ、一体誰の話？　そんな家もわからない人がいるなんて、私、信じられませんわ。そうでしょう、先生」

私は微笑むしかなかった。

そして、徘徊は突然止まったのである。その日診察に来た夫は言った。

「実は、家内が右膝が痛くて動けないというので整形外科を受診しましたら、変形性膝関節症ということでした。加齢が原因だそうですね。しかも整形外科の先生がおっしゃるには、『程度は重いので、このままでは動けなくなるでしょう。治療は人工関節の手術をすることです。ほかには方法はありませんね』と。私は家内には可哀想だと思いましたが、手術はお断りしました。よかったでしょうか？」

手術して動けるようになったら、また外に出るかもしれない、そうなったら困るだろうからこのままでいいと内心思ったものの、私は曖昧な表情を浮かべた。

「私が手術を受けるんですって？　どうして、私どこも悪くはないわ。ねえ、あなた」

奥さんは急に立ち上がり、歩こうとした途端、「アイタ、タ」と言って、立ち止まった。だが「何でもないわ」と言って、ゆっくりと診察室をあとにした。夫は首をかしげながら、申し訳なさそうに私に向かって頭を下げ、いそいそと診察室から出て行った。

それからどれくらい経ったであろうか、外来を受診した夫が困ったように私を見た。

「家内の活動範囲が狭くなったのは仕方がないんですが……自分で服を選べなくなってしまいました。おまけに服のボタンを留めることもできなくなりました。いや、正確には、ボタンを留めるということがどういうことかわからないようなんです。私が指示すると、手を動かすことは動かすのですが、何をしているのかわからないようなんです。おまけに、歯も磨けなくなってしまいました。お風呂の入り方もわからないようなんです。認知症が進んだんでしょうか」

私は曖昧に頷くしかなかった。

「ほかにいい方法はありませんかね？」

　そう言ってから、夫は奥さんを見つめると、急に下を向いた。どれくらい経ったであろうか、突然夫が私の顔をじっと見た。

「先生、こんなことを言うのもなんですが、私は若い頃から家庭を顧みることなく、仕事、仕事で、目はいつも外に向いておりました。家族のことすべてを家内に任せておりました。ですが無理がたたったのでしょうか、私は五十歳の頃大病を患い、数カ月入院したことがありました。家内は毎日のように病院に来て面倒を見てくれたんです。退院して自宅に戻っても、必死で看病してくれたんです。それなのに私は病気が治ったら治ったでまた家庭を顧みず、目は外ばかり……。私は恩返ししなくちゃならんとですよ。妻の最期まで面倒を見る覚悟ですので、先生、よろしくお願いいたします」

　ぼそっとそう言うと、寂しげに背中を丸め、診察室から出て行った。

　数カ月後、来院した夫は、診察室の椅子にぼんやり座り込む奥さんの後ろから、しんみりとした表情をした。

「先生、家内は家でじっとしていることが多くなり、私が介助しないと、ただボーッとソファに座ったまま一日を過ごすだけです。自分では服も着られなくなりました。だいたい服を選ぶことなんかとてもとても、裏も表もわからないんですから。テレビを観てはおりますが、何も理解できていません。トイレにはなんとか私が連れて行きますが、失禁も多くなり、おむつをしております。一日中つきっきりです。そうそう、介護保険での介護認定が更新され、介護度が上がりました。主治医意見書ありがとうございました。それでケアマネジャーの田代さんの指示で、週四回デイサービスに行っております。家内は嫌がらずに素直に行ってくれるので助かります。おかげでその間、私は休むことができます。でもこれからどうなるのでしょうか？」

奥さんは無関心な表情をして私を見た、見たようであったが、何の言葉も発しなかった。どうにもならない事態が訪れようとしていた。

一カ月後、夫のみが外来に来た。

「もう、ほとんど動けなくなり、ベッドで横になっていることが多くなりました。テレビはつけっぱなしですが、目を向けようともせず、何か独り言を呟いていています。こちらが尋ねても、返事もしません。幸い、食事だけは取っているせいか、肌の色艶はいいようです。でも私は最期まで面倒を見ます、見届けますから、先生、よろしくお願いしますよ」

そう言って、夫は疲れた視線を私に向けた。

それからどれくらい経ったであろうか、

「先生、平山様の息子さんから電話です」

私は胸騒ぎがした。

「鹿内先生でおられますか。母が認知症でお世話になっております、平山誠二の息子です。実は父が三日前、急に胸が痛いと言って自分で救急車を呼びました。救急隊員がかけつけたところ、冷や汗をかいて七転八倒していたとのことです。急いで県立病院に搬送しましたが、病院に着いた時はすでに事切れていたそうです。心筋梗塞か大動脈解離かであろうという医者の説明でした。私は何もしてやれなかったので、とても後悔しております。先生のところに父が母を連れて通院していたとのことで、大変お世話になりました。本当にありがとうございました。それにしても悔やまれてなりません」

私は狐につままれたように言葉を失っていた。

〝最期まで面倒を見たい〟

そう言ったはずである。どれくらい経ったであろうか、私は思い出したように尋ねた。

「それで、奥さんはどうしたのでしょうか？」

「ええ、動けないし、何を言ってもわからないので、自宅に置いておくわけにもいかず、取り急ぎショートステイに入れました。その後は介護施設に入所させる予定です。これまでのご加療本当にありがとうございました。また連絡が遅くなり、申し訳ありませんでした」

紳士的な言い方に、やはりあのご夫婦の子という思いはしたものの、二人を孤立させたのは家族かもしれないという思いも抱きながら、私は受話器に頭を下げつつ電話を切った。奥さんは夫が傍にいないことで、何を思っているのだろうか。それとも何も思わないのだろうか。夫は全力でかいがいしく奥さんに尽くしたために、命を奪われたのかもしれない。

〝サクリファイス（犠牲）――それにしても、立派な子供もいるのに、なぜかすっきりしない〟

私は、診療所の真っ白な壁に向かってそう呟いていた。

〔実のところ〕

あれは年末の薄ら寒い日のことだった。突然診療所のドアが開いた。男性が待合室に入ってきた途端、崩れ落ちるように床に転がった。私が慌てて駆けつけた時、意識は朦朧《もうろう》としており、脈も触れなかった。事務員と看護師と一緒になんとかベッドまで担ぎ込み、横にさせた。痩せてはいるが背の高い男であり、移動させるのに骨が折れた。

ベッドに移すと、私はすぐさま点滴を開始した。するとかすかに脈が触れるようになり、五分ほど経ったであろうか、患者はフーと息をつくと、周りを見渡した。低いながらも血圧は測定されるようにもなり、返事もできるようになった。

だが突然の事態である。原因もわからず、このまま診療所に置いておくわけにはいかなかったので、救急車を呼んだ。数分後には、救急車がサイレンの音をけたたましく鳴らしながら到着した。診療所につかつかと入ると、二人の救急隊員は心得たように患者の体を軽々と持ち上げ、救急車に移動させた。手慣れた動きだった。

患者は点滴のせいか、血圧を測れるようになり、どうにか小康状態となったものの、予断をゆるさなかった。救急隊員はあちらこちらの病院に電話したが、断られ続けた。どうにか受け入れてくれたのは県立病院だった、この地域の中核病院である。今日は診療ができないので帰ってくださいと待合室にいた患者さんたちに言うと、彼らはいそいそと帰っていった。誰もいない待合室はシンとした冷たい空気に包まれた。

私が同乗すると、救急車はすぐさまサイレンの音を一層強く響かせ、急発進した。車が方向を変えるたびに、車内はぐらぐらと揺れた。何度乗っても気持ちのいい乗り物ではなかった。どれくらい経ったであろうか、救急車のサイレンの音が急に静かになり、それとともに車はゆっくりと停まった。それとは反対に、バタンと大きな音がして後部の扉が開き、冷たい空気が流れ込んだ。患者はストレッチャーのまま救急外来に吸い込まれていった。

救急外来では、数人の医者と看護師が素早く患者を取り巻き、様々な機器を取り付け、流れるように作業を行っていた。リーダーらしき医師が私に病状経過を聞いた、私の顔も見ずに。聞くことだけ聞くと、様々な指示を与えていった。どれくらい経ったであろうか、そう時間は経っていなかったのかもしれない。急にその医師が振り返り、驚いたように私を見た。

「先生、もう帰っていいですよ」

一瞬お愛想笑いを浮かべたようだったが、患者の方に振り返ると、私の方はもう見向きもしなかった。

「よろしくお願いします」

聞こえたのか聞こえなかったのか、医者も看護師も振り向かなかった。私はやることをしたという気持ち半分、居場所がないという気持ち半分のまま、救急外来を後にした。患者を運んできた救急車はどこにも見当たらなかった。病院の玄関口まで行ってタクシーを拾い、診療所に戻った。

患者はいなかったが、職員は残っていた。

「どうでしたか？　先生」

「…………」

職員は戸惑った表情で私を見た。

それから二週間ほど経ったであろうか、県立病院救急外来の医師からの経過報告書が送られてきた。はやる気持ちを抑えながら、いそいそと封筒を開けた。

「顕著な脱水と、肝機能障害を認めました。肝機能障害はアルコール多量摂取によるものです。点滴を多量に行いました。禁酒も効果があったのか、脱水は改善しました。アルコールの禁断症状が数日間出ましたが次第になくなり、昨日元気に歩いて退院しました。アルコールは控えるように本人にきつく言いました。」

意外な返事だった。その後、この患者が私の診療所を受診することはなかった。日々の診療は、そんなことをも過去に押し流す。この患者のことは私の記憶から遠ざかっていた。

そして数カ月が経った頃だったであろうか、ケアマネジャーの田代さんが私のもとを訪れた。

「ある患者様のことでご相談があります。奥様の認知症が次第に進行し、動きが悪くなり、昨年末転倒、左大腿骨骨折で入院、手術しその後退院しましたが寝たきりの状態となりました。ご主人が面倒を見られております。訪問看護師が週二回訪問してお

ります が、病状も病状ですので、先生に訪問での診察をお願いしたいのですが」

私は約束した日の昼休み、患者のもとを訪れた。

一戸建て住宅ではあるものの、門扉は崩れかけ、春先の草木は勝手な方向に向かって伸びていた。玄関の戸を叩くと、玄関はしまっておらず、どうぞ入ってくださいという女性の声がした。「御免ください」——そう言って中に入ると、異臭が私を包んだ。さらに奥に入ると、人の気配がした。ケアマネジャーの田代さん、訪問看護師、そしてベッドの上には痩せ細って目もうつろな女性がいた。そしてその傍には、背の高い老人がいた。私ははっとした、例の救急車で送った老人だったからである。夫だったのだ。部屋にはカップヌードルの容器や空き缶が散らばり、包装が解かれた菓子類がそこここにあり、その間に空になった缶ビールや缶酎ハイが所狭しと転がっていた。

夫は私の顔を濁った目で見たが、何も言わなかった。診療所でのことは全く記憶になかったからであろう。どうして私がここにいるのかも、腑に落ちなかったからでもあろう。

「ちょっと奥さんを診察させてくださいませんか？」

夫は無表情に頷いた。

奥さんはベッドの上で動き回っていた。その視線は宙を舞い、何か呟いてはいたが、言葉にはならなかった。時に思いついたように急に起き上がろうとしたが、起きられず、ベッドに倒れた。そんな動きを繰り返した。奥さんは何か言いたげであったが、何も理解できなかった。ケアマネジャーの田代さんが言った。

「数カ月前は何とかコミュニケーションもとれ、歩くこともできたのですが、数日前ベッドから落ちて転んでからはこんな状態で、話もうまくできなくなりました。幸い骨折はないようですが、トイレまで行くのがやっとです。ご主人が連れて行くのですが、間に合いません。おむつをしております」

再びすえた臭いが辺り一面を覆った。ケアマネジャーの田代さんも看護師も何度も来ているせいか、気にならないようで、らちのあかない部屋を片付けていた。二人は夫に交互に喋りかけていた。

「ねえご主人、奥様をこのままにしておいていいんですか。どうにかしないと」

「いいんだ、俺が面倒をみるから」

「だって、ご主人も足が痛いんでしょう。歩くのもおぼつかないじゃないですか。奥様の面倒はもう見られませんよ。だったら、施設に送ったほうがいいのでは？　それにお酒を控えてください」

その口調は、私がびっくりするほど厳しかった。

夫は黙っていた。

「このままじゃ、奥様、可哀想ですよ」

「いいんだ、このままで。余計なことを言わなくてもいい」

ケアマネジャーの田代さんと看護師はため息をついた。こんな会話が何度もあったことであろう。

「子供さんはおられないのですか？」

私が尋ねると、ケアマネジャーの田代さんが答えた。

「息子さんがいるんですけど……一度こちらに来られました。私、お会いしたんですけど、もうこれ以上は来ないとおっしゃいまして……以後一度もお見えになりません」

夫は無表情に奥さんに目をやり、私には意味がわかりそうにない言葉を奥さんに投げかけていた。一方ケアマネジャーの田代さんと看護師も、話の通じない奥さんに理解されないとわかっていてもいろいろと話しかけていた。

〝自分はどうすればいいのだろうか〟

四人を残し、次の訪問診療の日程を打ち合わせて、私は逃げるように玄関を出た。振り返ると、家はさらに無表情な姿をみせていたが、見上げると一片の雲も見えない青空あった。

何が改善するわけでもなく、私に何かできるわけでもなく、ただただ月二回の訪問診療を重い足取りで行うしかなかった。そんなある日、看護師が夫に聞こえないようにそっと私に耳打ちした。

「ご主人、奥様を殴ったり叩いたりしているようなんです。あちこちにアザがあって……でもご主人は何もしていないとおっしゃいます」

(どうすればいいのでしょうか?)

看護師は探るような目つきで私を見た。看護師は体のあちらこちらにアザがあるのを見せ、私に頷いた。私は肯定するでもなく、否定するでもなく、ただぼんやりと夫と奥さんと看護師を見つめるばかりだった。突然、夫が口を挟んだ。

「俺はそんなこと、やってないよ」

冤罪だと怒ったように言うわけでもなく、独り言のように呟いた。場をとりつくろうように私は尋ねた。

「奥さんの介護はいろいろと大変でしょうね」

「そんなでもない。俺、最期まで面倒見るんだ」

夫は私や看護師に話そうとするわけでもなく、無表情に呟いた。その後ろには空いた缶ビールや焼酎の瓶が雑然と置かれており、その間には相変わらず、即席ラーメンや空の缶詰が所狭しと転がっており、異臭が一層部屋を暗くした気がした。私が困惑した表情をしていたからかもしれない。看護師が言った。

「来るたびに片付けるんですけど、元の木阿弥なんです」

「こんな状況を息子さんはご存じなんでしょうかね」

「電話で連絡はするんですが、話を聞いて、よろしくお願いしますっておっしゃるばかりで……私たちにはこれ以上のことはできません」

だからといって、夫は奥さんを見捨てたわけでも、奥さんに愛情がないわけでもなさそうであった。ベッドの傍にいて奥さんにあれこれ応対している姿は、見捨てたとか愛がないというには語弊がありそうだった。アルコール漬けになりながらも、夫は夫なりに奥さんの世話をしているようにも思われた。ふわふわした感情とは別個の、固い感情が――どんな感情かは私には理解できなかったが、夫の心にはある、そう感じざるを得なかった。

奥さんの病状は次第に進行していった。どれくらい経ったであろうか、言葉が通じないばかりか、目で周りを追うこともなく、ただただ何か呟くばかりで、表情も乏しくなった。四肢の運動も弱くなり、ある意味介護はし易くなっていた。食事は自分では全く取れないので、夫はかいがいしくと言っていいのかどうかわからないが、奥さんの口元に持っていって食べさせるのである。

「ご主人、そんな大きな塊じゃ、奥様、喉に引っかかりますよ」

看護師が注意しても気にもせず、夫は奥さんに食べ物を与えていた。そんな時夫は微笑んでいるようにみえた、誰にも見せることのない温かい表情で。こんな大男に宿る細やかな心づかいに、私は人を見かけで判断してはならないと思った。

そしてある日のこと、ケアマネジャーの田代さんから電話が入った。その声はうわずっていた。

「奥様、ベッドから転げ落ちました。ご主人から連絡があり、行ってみましたら、奥様、畳の上で全く動けないんです。救急車で病院に運びましたけど、今度は右大腿骨骨折ですぐ入院しました。あんな状態ですから、ベッドから落ちるなんてことは考えられませんけど……」

奥さんが体を自分で動かすこともできずに、他人任せでしかない状態であったことを思い出したものの、そして、どうしてそうなったのかという疑問は抱いたものの、私はぼんやりとその場の情景を思い描いたに過ぎなかった。

入院してから奥さんは肺炎や尿路感染を何度か起こしたとのことだった。全身状態は次第に悪化し、半年後に施設で亡くなったと、ケアマネジャーの田代さんから報告があった。

「で、ご主人はどうですか？」

そう尋ねた私に、田代さんは我が意を得たように言った。

「何も変わりませんわ。相変わらず一人でお酒を飲んでおられます、それでバイクを運転するんですから。何度も注意したんですが、変わりません。亡くなるまでは、奥さんのところへはしょっちゅう通われていたようですけど」

一呼吸置いて、彼女は言った。

「ご主人の気持ちなど、私には皆目わかりませんわ」

電話は切れた。進行した認知症患者を抱える家族がどういう気持ちでいるのか、人それぞれなのかもしれない。

実のところ、夫は人としての大切な気持ちを、表に出すこともなく認知症の奥さんの面倒をみていたのかもしれない。夫の見かけとは違った思いは、誰からも理解されなかった。アルコールさえなければ……。

〔黄昏時〕

診療所に一日中いると、当然ながら運動不足になる。そのため私は、昼休みと夕方、診療が終わってから、散歩を日課にしていた。この街のあたり一体は緑に囲まれ、一時間程度ではあったが、自然を楽しむことができた。

そんなある日のこと、午後の診療が終わり、夕闇が迫る頃だっただろうか。いつものように診療所から散歩に行く途中のことだった。丁度大通りから一歩入った道ばたに、老婦人が立って大通りを見つめていた。何を待っているんだろうかと周りを見渡したものの、それらしきものは見当たらなかった。ワクチン接種などで顔見知りだったので、挨拶をした。相手もにっこりと微笑み返した。私はそれ以上話す理由もなかったので、そのまま通り過ぎて診療所に戻った。この件は私の心には残らなかった。

ところが数日後も、同じ場所に同じ表情をしてじっと動かずに大通りを見つめている老婦人の姿があった。私が挨拶をすると、やはりにっこりと微笑んで挨拶を返したのである。私は今度もそれだけで診療所に戻った。そしてこの件のことも忘れてしまった。

そしてそれから何日もしないうちに、やはりほぼ同じ時刻に、道路を見つめてじっとたたずむ老婦人の姿を見つけたのである。私は、今度は挨拶もせず、やや遠くからその姿を見つめていた。どれくらい経ったであろうか、八十歳くらいの男性が老婦人に近づき、あたりを見渡すと、ほっとしたような表情を浮かべ、老婦人の手を取り、促すように一緒に歩いて行った。夫であろうか、私には気づかなかったようであった。私は好奇心から二人のあとをついて行った。二人は立派な門構えの家に吸い込まれていった。

〝黄昏症候群か〞

私は安心したのと、先行きの不透明感に不安も覚えた。しかし、その老夫婦が私の診療所を訪れることもなかった。そしてどれくらい経ったであろうか、その姿は毎日のように見られるようになった。雨の日も風が強い日も、同じ場所に老婦人は立っていた。もっともそんな日は早めに夫が現れ、老婦人を連れて帰っていった。

そんなある日のこと、私がその場に居合わせた丁度その時、突然声を掛けられた。私は老婦人を見つめていたので声の主に気づかなかった。

「先生、何度もお会いしております。おわかりかと思います。妻ですが、ほかにやりようもなくて。病院に連れて行っても変わらないでしょうから。ご迷惑をおかけします」

私は盗み見ていた自分にうろたえ、無表情に頭を下げると、挨拶もそこそこにそのままスタスタと診療所に向かって歩いて行った。どうなるんだろう？　そう思いながら。

そしてその結末は意外だった。

半年ほど老婦人の姿が見えなくなった。私はどこか施設にでも入ったのかと思っていた。そんな時、道路を歩く夫に出会った。向こうも気づいたらしく、私に近寄ってきた。

「先生、いろいろとご迷惑をおかけしました。妻はあれから数日後に、自宅で突然意識を失い、病院に緊急搬送されました。クモ膜下出血でした。治療を勧められましたが、認知症がひどいので断りました。三日後に亡くなりました。それで良かったと思っております。七十八歳でした。先生にはいろいろとお世話になりました」

私は思わぬ事態に内心動揺した。私は夫を凝視したままだった。

「実は若い頃、私どもの子供があの大通りで車にはねられ亡くなりました。そう、あの時の私どもの苦しみは言葉にはできませんし、誰にも理解していただけないでしょう。そんな思いを引きずりながら、妻はこれまで生きてきたんです。でも、これで終わりです。人が受けた傷は、必ず癒えるものではないでしょうか、どんな形であれ」

その表情はむしろ明るく輝いていた。事情を何も知らずに私は盗み見をしていただけで、ただ傍観者として蚊帳の外にいたことに後ろめたさを感じながら、挨拶もそこそこに夫に頭を下げ、別れたのであった。

青年は目を閉じた。青年はこの街でおきていることに感動を覚え、喜びを感じていた。

〝自分も鹿内医師のような心で患者の治療にあたりたい。この診療所にいれば、私の思いはきっとかなえられる〟

そして青年は次のページをめくった。だがその後のページは空白だった。がっかりした青年はこれで終わりかと思って一旦ノートを閉じた。だが思い直してページを再びめくった。すると数ページ後に再びびっしりと文字が刻まれているのに気づいた。文字はやや乱れており、読みづらいところもあった。首をかしげながら、青年は続きを追った。

◆
◆
◆

〈異変のおきた街〉

先に述べたように、当初はこのノートの目的は、私がこれまで出会った患者のなかで、年老いた夫婦がどういう生き方をするのかを記録することであった。その目的のほんの一部を描けたのかどうかすら私にはわからない。

私はこの街の炎が消えてゆこうとしている中で、多くの解決困難な事態を迎えようとしている中で、目には見えない人の心のあり方を私は描きたくなった。それは曇った人間には見えないであろう夫婦の生き方についてであった。

普段は無愛想で妻を相手にもせず、ないがしろにしかねない夫が、妻の不治の病を前にして、力をふりしぼって妻を守ってゆこうとする姿勢、それが夫の愛の姿であることをひしひしと感じたがゆえに、記録として残したかったのである。消えゆく街にあって炎を燃し続けようとする夫の姿を見て、どうしてもこの事実を残したいと思ったのである。

だがこの私の試みは、全く別の恐しい現実によって中断せざるを得なくなった。得体の知れない事態に遭遇して、私の頭の中は混乱した。だからこれからの記述は、思い描いていたこととは違ったものとなった。なぜなら、この地域が思わぬ事態に巻き込まれたのではないかと私は強く感じたからである。

ただ、思わぬ事態が、本当にそうだったのか、単なる私の思い過ごしなのか、私にはわからない。このノートが後世の役に立つとは思われないが、少なくともこの街でとんでもない何かが起きたのだとしたら、参考程度にはなるのかもしれない。

私は、この街で最近立て続けに起きた出来事を一医師として看過するわけにはいかない。もしこのノートを読む者がいるのであれば、この街で起きた事態の解明にあてて欲しい。

以下に掲げる三症例は、この街でおきた別の現実である。一例ずつ、その経過を追ってみることにする。

〔症例Ⅰ〕

思ってもみない経過をたどった患者だった。

その日は患者が立て込んでいて忙しかった。夏真っ盛りで、患者が少ない時期に「何で?」と思った記憶がある。奥さんが夫をつれて診察にみえた。

「うちの主人ですけど、数カ月前からでしょうか、何か元気がなくて、疲れやすいと訴えておりますの。仕事を辞めたせいかもしれませんが、何しろ意欲がないんです」

カルテには六十七歳と記載されていた。

「お仕事を辞めて、何をされておりますか?」

患者は眠たげな目を私に向けた。

「特にすることもないので庭いじりなどしておりましたが、それではなんだというので、妻の勧めで自治会の役員をしております」

「それはいいことですね。地域の為に頑張ってください」

私は患者を一通り診察した。これといった問題はなかった。ただ一点、両腕と腹部に何カ所か黒ずんだ発疹の痕があった。すでに痕跡程度でしかなかった。

「この発疹は何ですかね？」

　患者は一瞬、何のことだかわからなかったようだったが、思い出した。

「そういえば数カ月前ですか、自治会の事務所は公民館にあるのですが、公民館で自治会の仕事をして疲れたので、二階で布団を敷いて仮眠を取っていて、気づいたら両腕にブツブツした赤い発赤があり、よく見たら、腹部にも同様の発疹がありました。翌日からは痒くて痒くて仕方がありませんでした。でも、それも自然に治りました。今は、痒みはありません」

「そうですね、その痕ですかね。他にご主人に異常はないようです。もう少し様子を見ていいと思いますよ」

　奥さんはほっとしたように夫を見ると安堵して帰った。

　それから数カ月後、奥さんと夫は再び私の診療所を受診した。

「先生、やはり主人、おかしいんです。元気がなくて、何事にも関心がなくなって、家の中でぶらぶらしているんです。私が声をかけても、あくびをするばかりで……」

「そうですか、では検査をしてみましょう。」

私は採血、検尿、レントゲン、心電図、ＣＴスキャンなどを行った。一週間後、奥さんだけが結果を聞きに来た。

「何も異常はないようです。このまま様子をみていいのではないでしょうか」

奥さんはホッとしたようだったが、何も解決してはいなかったから、私をじっと見詰めた。

「本当に何もないんでしょうか？　先生」

私は黙って頷いた。

それから一カ月過ぎた頃のことだっただろうか、やはり奥さんだけが来院した。

「主人のことなんですけど、やはり元気なくて、寝てばかりいるんです。頭を痛がったり、ふらついたりしています。それにどんなことにも関心を示さないんです。新聞も読まなくなり、テレビも観なくなりました。でもなんか刺激があると起き上がり、周りを見渡すんですが……。それと、手足をちょっとピクつかせる動きを時々見せるんです。でもそんなことよりも、何かがおかしくて……。主人の身に何か恐ろしいことが起きているんじゃないでしょうか？」

私は口ごもり、奥さんの顔を見つめるばかりだった。

それからどれくらい経ったであろうか、再び奥さんが私の診療所にみえた。その表情はこわばっていた。

「先生、お暇な時に私の家に来て主人を診察していただけませんか？　お願いします」

私は頷くしかなかった。

数日後、患者の家に行った。室内はきれいに整理されていた。すっきりした居住空間があった。奥さんに案内されて、患者のいるベッドに近づいた。

異様だった。患者はただ目を天井に向け、何か喋ってはいたが、意味のある言葉にはなっていなかった。手足は動いてはいたが、ただ動くだけで意思表示があるようにはみえなかった。話は何も通じなかった。時にやはり手足のピクつきはあったものの、それ以上の反応はなかった。始終無言で、目的を持った動きも見られなかった。認知症が急速に進んでいたのである。すがるような目をする奥さんに私は言った。

「どうするといっても、動かすことも困難ですし、もう何もできません。あまりにも急ですから」

奥さんはその場で泣き崩れた。

三週間後、患者は自宅で息を引き取った。死を看取った私は、死亡診断書の死因に若年性認知症と記した。

〔症例Ⅱ〕

夏真盛りで暇だった。それでも医療業務というのは面倒なことばかりである。いつまでも慣れない書類作成や診療報酬のためのカルテの整理を日々行わなければならなかった。雑務ばかり――とにかく国は何とか対策を取ってほしい――そうブツブツ呟くのが関の山だった。

また医師会や県や国からの連絡が毎日のようにあり、その内容にも目を光らす必要があった。その中には、地域における様々な感染症の報告もあったが、特に目新しいものはなかった。だが感染症が流行するたびに、国民ばかりではなく、このような小さな診療所でもその対応に右往左往させられるのはこりごりだった。

ややうつらうつらしていていたのであろう、大きなあくびをした時に、「先生、患者様です」という看護師の声に我に返った。目の前には、患者が立っていた。

「あ、どうぞ」

患者はス～ッと椅子に腰掛けたが、表情に乏しかった。

「どうされましたか?」

患者の私を見る目は、曇っていた。

私ははっとした。以前道路で立ち話をしたことがあったからである。

その時は患者の方から話し掛けてきた、ごく自然な感じで。

「あ、先生ですか。お忙しいようですね。実は私この街のことが気になるんで、ちょっと先生とお話ししたかったんです」

「何ですかね?」

「私は今、六十八歳なんですが、この街では若い方です。六十五歳定年で、あとは一年ごとの契約で、契約社員をやっており、週二〜三回出勤しております。退職金もあり、年金もそれなりで、役職もないので仕事は楽ですね。まあその分、給料は人に言えませんが」

「でも、暇な時間が増えてよかったでしょう」

「ええ、今まで会社人間でしたから、隣近所のお付き合いもなくて。それではいけないとお隣の人も言うので、自治会の役員になっております。役員をやってみてわかったことですけど、平和そうに見えるこの街も、一皮むけば、それぞれの家庭でいろんなことがあって、誰もが大変だということがわかります。夫婦間のこと、子供のこと、病気のこと、数え上げればきりがありませんな。それにお金のこと、ほとんどが年金生活者ですから、今の世の中蓄えがなければ、よほど切り詰めなきゃやっていけませんよ。

それに皆さん高齢になり、街を歩く人を見ると、背中丸めて、のろのろと歩いたり杖をついていたり、カートを押していたりで、買い物の荷物を手で持っていると、危ないこと危ないこと。さっさと歩ける人は少ないくらいですよ。息子や娘たちは、仕事や結婚でこちらに戻ってくる人はまれで、高齢者ばかりです。それも高齢者夫婦の二人暮らしだとか、どちらかに先立たれ、一人暮らしの方も多い。誰も住まない空き家もあちらこちらにあります。

それだけでも大問題なんですが、さらに自治会では認知症のことが問題になっていて、どうしたもんかと皆頭を抱えているんです。次は自分かもしれないと、高齢者の方は誰もが恐れているんです。私はまだ若いからいいですが、あと十年もすれば、自信ないですよ。そうなったらこの美しい街にいられるんでしょうか。今や、街を歩いていて、そんな高齢者を時々見かけることがあります。家の中では大変なことになっているんでしょうね。そして知らないうちに、次から次へと住民が街から消えているんです。亡くなったり、施設へ入ったりで」

そして探るような目で私を見詰めた。

「先生もよくおわかりでしょうけど」

「…………」

「この街、このまま行ったらどうなっちゃうんでしょうかね」

私は否定も肯定もせず、「自治会のお仕事よろしくお願いします」と言って別れたのである。

その患者が目の前にいた。

「どういうわけか先生、この数カ月かったるくて、何がどうというわけでもないのですが、おかしいんです」

「ご自分でそう思われるんですね。で、周りでは何と言っていますかね？」

「家族はおりません。結婚したんですが、仕事ばかりしていたせいで家庭を顧みなかったんでしょう、女房に愛想をつかされて、かなり前に離婚しました。子はおりません。一人暮らしです」

「どこも悪そうじゃないですね。しっかりされているじゃありませんか」

「でも何もやる気が起きないのです。落ち込むというか、ちょっと鬱《うつ》なのでしょうかね」

「そうかもしれませんね。」

私は通り一遍の診察を行った。特に問題があるように見えなかった。ただ腕と下腹部と大腿部に、うっすらと痕跡程度の発疹が何カ所かあったくらいである。

「この発疹は、どうしたんですか？」

患者はやや不思議そうに発疹を見た。そして記憶の糸をたぐり出したようだった。

「そういえば、数カ月前のことでしょうか、公民館で自治会の仕事をしておりまして、疲れたので二階で布団を敷いて休んでいたんです。どれくらい経ったでしょうか。起きてみたら赤いブツブツが体中にあったんです。翌日から体中が痒くなり、ところどころ赤く腫れていたんです。何日かはとても痒かったんですが、治りました。その痕ですかね」

「そう言えば、そういう患者さんが前にもいました、ダニですかね。まあ、今のところ特段どうということもなさそうなので、様子を見ていてください」

患者は安心したのか、頭を深く下げると、診察室を後にした。

それから一カ月後、患者は再び診療所を受診した。

「何かがおかしいんです。やる気はまったく出ないし、気分の落ち込みも激しい。以前と違って周りへの関心もなくなり、自宅でボーッと一日を過ごすことが多くなりました。それに物覚えがえらく悪くなっておるんです。時々頭も痛くて、なんとなくふらつくんです。日によって違いますけど、体の安定を保てない。おまけに筋肉が緊張して固くなることもあるんです。時に筋肉のピクつきもみられます。私、ヘビースモーカーだったんで、それが原因でしょうか？」

その顔付きは蝋《ろう》のように無表情だった。

「では、できる範囲で検査をしてみましょう」

一週間後、検査結果が出た。異常所見はみられなかった。

「特に問題ないようですよ。様子をみましょう」

患者は首をかしげ、ふらついた体を気にしながら、そして何かブツブツ言いながら診察室を後にした。私はそう気にも留めることなく、その後ろ姿を見送った。

その後、どれくらい経ったであろうか、この患者のことをすっかり忘れていた私に、一本の電話が掛かってきた。

「先生、ケアマネジャーの田代です。いつもお世話になっております。用のある時にだけお電話してすみません。先生のところに通われている末広様のことでご相談があります。覚えておられますでしょうか」

私はカルテを開いてみた。三カ月前に診察していたが、ほとんど覚えていなかった。それくらい印象は残っていなかった。

「先生、末広様のお宅のお隣の方が、久しぶりに庭に出られた末広様の姿を見て、驚いて役所に連絡されたようです。すぐに私のところに連絡が参りまして、末広様を診てきました。看護師と二人で行きましたが。何度も玄関のチャイムを鳴らしましたが応答がなかったので、仕方なくドアのノブに手をかけると鍵はかかっておらず、スーと扉が開き、家の中に入れました。でも中は昼間なのに真っ暗なんです。恐る恐る部屋に入ると、何かがうごめいており、ギリギリとした音がするんです。そこにはベッドがあり、伏せっているのがわかりました、末広様でした。慌てて電気をつけたんですが、末広様のお姿を見て、思わず後ずさりしました。顔は痩せ衰え、目だけが飛び出て、じっと私たちを見詰めているんです。でも、本当に見ているのかどうか。そして手足は動かしてはいるんですが、たたただ空中を舞っているだけのようなんです。私たちが声を掛けても、何もお話しになりません。ただじっと私たちを見つめているだけです。ベッドの周りには、みかんやりんごの食べかすがあり、パンの切れ端もありましたが、かなり古くなっていました。慌てて先生にご連絡した次第です」

私は診療の合間をぬって末広宅に行った。待ち合わせていた看護師はホッとしたような、しかし困惑した表情で私を見た。報告通りの症状であった。無言であり、無動に近かった。

「このままにしてはおけませんね」

家族や親戚を含め、連絡先は見当たらなかった。だがこのままにしてはおけなかったので救急車を呼んだ。救急車は、サイレンの音をけたたましく鳴らしながらすぐに到着した。患者のただならぬ容体に接して、救急隊員も驚いたようだった。

「このままにはしておけませんね」

一言そう言うと、複数の病院に連絡を取ったものの、どの病院にも断られた。

「原因がよくわからない意識障害ですから、どの病院も二の足を踏んでいるようです。粘り強くやってみますよ」

そして何度も断られていたが、急に救急隊員の表情が柔らかくなった。

「そうですか、では、よろしくお願いいたします」

それは小さな、老人病院と言ってもいい病院であった。何もできないかもしれないが、とにかく入院させることが先決だ、誰もがそう考えた。

全身状態は落ち着いていたので、私は何の意思もないまま救急車に乗せられた患者を見送った。

その後どうなったのか、梨《なし》の礫《つぶて》だった。日時が過ぎるとともに、私は患者のことを忘れていた。

数カ月ほど過ぎた頃だった。ケアマネジャーの田代さんから電話があった。

「先生、その節はありがとうございました。末広様のことです。覚えておられますでしょうか。実は先日病院から連絡がありました。あの状態で寝たきりのまま、亡くなったということでした。身寄りがないので、こちらにもそのことで連絡がありましたが、私たちも何も知らなくて」

「で、死因はなんだったのでしょうか？」

「よくわかりませんの」

私は病院の電話番号を聞くと、すぐに連絡した。幾度かの取り次ぎを経て、医者が電話口に出た。忙しそうであった。

「ああ、こちらに来る前に診てくださった先生ですか。死因はよくわかりませんが、来院時から反応はほとんどなく、ただただ無言無動の状態でした。何もできずそのまま亡くなりました。死因は一応認知症としました。若年性認知症ではないかと思いますが、あまりにも経過が短いように思いました。何が原因でしょうかね」

私は返事をするのも忘れて、腑に落ちないまま電話を切った。

〔症例Ⅲ〕

そして、私の心をざわつかせる患者がほぼ同じ時期に私の前に現れたのである。

あれは梅雨の終わり頃だった。じっとしているだけでも、汗が流れ落ちるような日だった。日曜日ではあったが、いつものごとく雑用のために、私は診療所にいた。昼頃だっただろうか、電話が鳴った。

「あ、先生、おいでしたか。ちょっと具合の悪い人がいるので、これから診てもらえませんか。お休みなのに、申し訳ありません」

数分後、ぐったりした人を数名の者が運んできた。

すぐに私はベッドに運んでもらい、急いで診察した。血圧は正常ではあったが、脈は速かった。活気がなくボーッとした感じで、気分も悪そうで、頭も痛いと訴えた。熱が三十八度あった。

「実は、今日公民館で自治会の定例の会合があり、会を終えてから、室内の整理をしておったんです。参ったのは、クーラーが壊れておりまして、すぐ修理するように事務員に頼んでおいたんですが、まだ直ってなくて。窓という窓は開けていたんですが、暑くて暑くて、皆ぐったりしておりました。そんな中三辺さんが、気分が悪いとおっしゃって倒れたんです。それで慌ててこちらに連れてきました。先生がいらして良かった」

「そうですか。熱中症でしょうかね。体を冷やしましょう。それと点滴をしますから」

点滴を用意し、「針を刺しますよ」と、三辺さんに大声で言って腕を見た。発赤が数カ所認められた。

〝そういえば、同じような発疹のあった患者がいたな〟

そう思いつつ、全身を診たら、下腹部にも同様の発疹が何カ所かあった。

〝やはりダニが刺した痕のようだ〟

そして私は針をさした、三辺さんはぐったりしていたものの不穏状態にもなっておりじっとしていられない様子だった。

思った通りだった、生理食塩液を一本落とし終わった頃、三辺さんは急に元気が出て周りを見渡した。

「私、どうしたんでしょうか？」

「熱中症のようですね。脱水になっていたようです。点滴をしたら良くなりました。念のためもう一本、点滴をやりましょう」

点滴が終わる頃になると、活気を取り戻した三辺さんはいろいろと喋り出した。

「自治会の仕事で、この暑いのに毎日出勤ですよ。それなのにクーラーが壊れていて、この暑さでしょう、参りましたよ。途中から何も覚えておらんですよ。そう、数日前、体中が痒くなって腕や腹や大腿を見たら、ブツブツした発赤があり、腫れておりました。なんでしょうかね？」

〃他の患者と同じような発赤疹と痒みがあるからやはり、ダニに刺されたのかな？でもそうたいしたことはないようだ〃

私は聞き流した。三辺さんは元気になった。

「これでいいでしょう」

三辺さんは嬉しそうに大きく頷き、起き上がると、待合室にいた仲間とともに、足取りも軽く診療所から出ていった。

そして……奥さんが三辺さんを連れて診療所を受診した。カルテを見ると二カ月後のことであった。

「最近、主人元気がないんです。家から外に出なくなり、いつもボーッとしているんです。熱もないし、食事もよく取れるんですが、周りに無関心になって、どうも様子がおかしいんです……」

診察したものの、異常はないように見えた。もっとも先日診察室から出て行った時の元気さは見られなかった。

「何ともないと思いますが、念のため採血をしてみましょうか。一週間後に結果が出ますから」

丁度看護師がほかの患者の応対で忙しかったので、私が採血した。採血の際、三辺さんは驚いたように腕を引っ込めると、私の腕を振り払った。採血した血が採血台の上にこぼれた。私は慌てて血を拭こうとして、採血した注射針を誤って自分の腕に刺してしまった。血が吹き出したので私は急いでアルコール綿をあてた。出血はすぐに止まった。ただそれだけであったものの、針刺し事故が他人に対してではなくて自分で良かったと思ったものの、注意力が低下した自分はもう年なのかとやや落胆した。

一週間後、奥さんが結果を聞きに来たが、異常所見はみられなかった。だが奥さんは不安そうに言った。

「やはり、元気がないんです。一日中ボーッとしているんです」

「もう少し、様子を見てください」

奥さんは何か言いたげであったが、そのまま診察室を後にした。

それから一カ月後、奥さんは再び三辺さんを連れて診察にみえた。その表情は真剣だった。

「先生、主人がどうもおかしいんです。じっとしている時間が増えましたが、そればかりじゃありません。記憶力がかなり落ちていて、同じことを何度も聞くようになったんです。好きなテレビも観なくなりました。おかしいです。先生、何とかしてください！」

「…………」

「ああ、それと、何だかふらつくようになって、歩くのも危なくなりました。時々筋肉がピクッとすることもあります」

憔悴しきった奥さんの顔と、無表情に椅子に座っている三辺さんの顔を見比べた。

〝確かにおかしい。何が起きているんだろうか〟

私は急に胸騒ぎがした。

〝公民館、痒みのある発疹、そして急速に進行する認知症――〟

私は二人を目の前にして、めまいを覚えたが、それに堪えるのに必死だった。

診療が終わってから、私は同様のことがあった二人の患者をカルテの中から探した。名前はうろ覚えだったので、多くの患者の中から二人を探し出すのに苦労したもののの、なんとか見つけた。過ぎ去っていた記憶が鮮明によみがえった。

〝活動性低下、記憶力低下、ふらつき、筋肉のピクつき、そして急速に進行する認知症。公民館、痒みのある発疹、ダニの刺し傷のような痕――〟

三人とも同じような経過をたどっている。ほかの認知症の患者とは明らかに違っていた。私は頭の中を整理したものの、答えは出なかった。

〝ほとんどの認知症患者は高齢であり、その進行も緩やかである。だけどこの三人の患者は、比較的若く認知症を発症し、認知症が急速に進行している。少なくともこれまで受診してきた患者の認知症とは違う。とにかく注意して経過を追う必要がある〟

それから私は三辺さんを一週間ごとに診察した。そして症状は急速に進行していったのである。表情は乏しく、時によだれを垂れた。言葉数も少なくなり、私の質問に答えなくなり、私の顔もまともに見なくなった。時に筋肉が硬直するのか、ピクッとした動きもみられた。奥さんは不安を隠さなかった。

「先生、どうすればいいんでしょうか?」

〝急速に進行する認知症が三例、これまで診た患者とは明らかに原因が違う〟

そう呟いた私は、ハッとした。

〝もしかしたら……医学部卒業後一年目、研修医として各科を回っていた時のことだ。あれは、そう、神経内科を研修していた、ベッドに何の反応もなく横たわっていた患者がいた。担当していた神経内科医の話では、最初は元気がなく、そのうち何を言っているのかわからなくなり、急速に認知症が進行し、無言となり動かなくなる、と。その疾患に似ている〟

「とにかく経過を追いましょう。何かあったら連絡してください」

奥さんは不安げに私の顔を見ると、首をかしげながら三辺さんとともに診察室を後にした。

二週間後、奥さんだけが診察に現れた。

「先生、もう主人は動けません。自宅でじっと天井を見ているばかりで、いろいろと尋ねても、何か喋りますけど、意味不明なんです。一日中殆ど黙ったままです。食事は私が介助してなんとか取れていますけど、何が起きているんでしょうか？　私は恐ろしくて、夜も眠れません」

「近日中にお宅にお邪魔します」

その前に、どうしても行かなければならないところがあった。

翌日の昼休み、診療の合間をぬって私は妻を連れて公民館に向かった。妻は自治会の広報などを担当したこともあり、自治会とはかなり親しかったので、連れていったのである。この街のはずれの丘の裾に公民館はあり、診療所からはかなり離れていた。冷たい風の中、汗をかきながら公民館に着いた。公民館と称してはいても、小さな街である、こじんまりとした建物であった。ドアを開けると、生暖かい風が私たちを撫でた。あれから大分経っている、空調が修理されているのも当然か、そう私は独りごちた。

「ごめんください。診療所の鹿内です。ちょっとそこまで来たので、ご挨拶にきました」

受付には二人いて、怪訝な表情で私たちを出迎えた。妻が挨拶した。

「ご苦労様です。自治会のお仕事はいろいろあって大変でございましょうね。私も微力ながらお手伝いしてはおりますが、なにしろ診療所が忙しくて申し訳ありません。何でもかんでも夫は私に頼むんで、困りますわ」

くびすを返すと、妻は私に囁いた。

「二人とも私の知らない顔ぶれだわ」

二人は相変わらず、ぼんやりと私たちを見るばかりであった。

「ちょっと中をのぞかせてもらっていいですかね」

二人は無表情に頷いた。

玄関を開けると大広間になっていて、会議などができるように机がコの字型に並べてあり、幾束かの書類が机の上に載っていた。特に何の変哲もない部屋だった。カラオケの機械が脇に置いてあった。廊下の反対側はちょっとした広間になっており、卓球台などが置かれていた。その奥には炊事場があり、簡単な調理ができるようになっていた。暖房が効き過ぎており、暑いくらいだった。

「二階をのぞかせてもらってもいいですかね？」

私たちはミシミシと音を立てる階段を上っていった。

二階は部屋が四つあり、それぞれ小会議室、将棋や囲碁用の部屋、絵画室、そして麻雀用の部屋に分かれていた。誰もおらず、閑散としていた。

「特に何もないようだ。きれいにすっきりと整っているね」

その時、屋根裏で何かゴトゴトと音がするのが聞こえた。

私は何気なく、周りを見渡した。そしてギョっとした。部屋の角に小さな物体があるのが目に止まった。ネズミだった。微動だにしなかった、ネズミの死骸だった。シンとした雰囲気に飲まれないように周りを見渡すと、目の前に襖《ふすま》があった。何の気なしに襖を開けた。座布団が折り重ねられ、その奥に布団が見えた。

「こんなものもないと公民館とは言えないね」

と、妻に向かって言った丁度その時、布団がくずれ落ちてきた。妻は布団を抱くような格好で後ろに転んだ。

「あ痛ー」

そう言ったものの、怪我はなかった。と、急に走り出すものがあった。ネズミだった。あっという間にどこかに消えてしまった。押し入れをのぞくと、ネズミの死骸が数匹あった。

〝そんな馬鹿な〟

そう思った時に、隣にいた妻がふらふらと倒れた。

「気分が悪くなったわ。休ませて」

そう言うと、妻は崩れるようにして布団の上にうつ伏せになった。動かすのもためらわれたので、私は妻をそのままにしておいた。私は各々の部屋を見て回ったが、ほかには何の異常も見られなかった。もっとも屋根裏でゴトゴト動く音は時々聞こえていた。

〝ネズミがこんなところにいるなんて困ったもんだ。早く駆除しないと。公民館なんだから〟

どれくらい時間が経ったであろうか。妻は元気になった。

「私、動物が嫌いで、ネズミを見た途端に悪寒が走ってしまったわ。でもどうにか元に戻ったわ」

私たちは階段を降りていった。下にいた二人の女性は、私たちには目を向けることもなく黙々と受付のパソコンに向かっていた。私たちを見ると、なぜか一人は奥へ入ってしまった。しらっとした雰囲気が漂っていた。

「あの、二階にはネズミの死骸がありましたが、どうしたんでしょうか？」

残った一人が億劫そうに答えた。

「あら、そうでしたか。公民館は古くなっていて、建て替えの話もあるんですが、予算がなくて。いつしかネズミが屋根裏に住み着いておりましてね。そう、最近ネズミの死骸があるんで困ってますの、気持ち悪くて。また死骸の後始末ですか、ああ、厭だ」

それ以上は無表情に、そして無関心そうに私たちを見ようともしなかった。

「お邪魔しました」

返事はなかった。私は急いで玄関の戸を閉めた。これ以上公民館にいてはならない、そう別の私が叫んでいた。

翌日、妻が腕を見せた。見ると、小さなブツブツした発疹が数カ所あった。腹部や大腿部にもあった。とても痒いわと妻は言った。やはりダニの刺し傷のようだった。

数日後、私は三辺さんのお宅にうかがった。チャイムを鳴らすと、奥さんがすぐに出てきた。

「先生、お待ちいたしておりました。主人の病状が日ごとに進んでいるようなんです。一刻も早く診察してください」

広々とした廊下と澄んだ部屋の空気は私の気持ちを柔らかくさせたものの、ベッドに行ってみると、その気持ちは吹き飛んだ。三辺さんはベッドに横になったまま、何かブツブツ言っていたが、意味のある言葉になっていなかった。目は開けてはいたが、声のする方に目を向けるでもなく、その目は宙を漂っていた。手足とも突っ張った感じで、動きも悪く、時にピクつく動きはあるものの、意味のある行動はみられなかった。声をかけても何の反応も示さなかった。

〝予想した通りだ。他の二人と同じ経過をたどっている。そうだとしたら……〟

背後から奥さんが言った。

「先生、主人、どうなっちゃうんでしょうか？　何が起きたんでしょうか？　私、何が何だかわからなくて……日ごとに具合が悪くなっていきます。私はただただうろたえるばかりです」

「食事はどうしてますか？」

「ええ、おかゆ程度ならなんとか。でも水はむせますの」

〝こんな状態では、どの病院も受け入れてはくれない。最期まで診るしかないか〟

「確かに症状は急速に悪化しております。今何かをしたから良くなるというものではないようです。このように認知症が急速に悪化することは、普通は考えられませんが

……」

「先生、なんとかしてください！」

私は無言で奥さんを見た。奥さんも理解したのであろう。涙ながらに頷いた。

それから一週間後、三辺さんは危篤状態に陥った。私が呼ばれた時には、まさに息を引き取る寸前だった。奥さん、息子夫婦と孫が傍にいた。突然三辺さんの呼吸が深くなった途端、呼吸は停止した。脈はまだ触れていた。一瞬体がピクッと動いたが、その後全く動かなくなった。家族は一瞬声を上げたものの、再び沈黙した。私はじっと待った。十五分すると脈も触れなくなった。心音も聞かれなくなり、瞳孔は中等度散大し対光反射が消失した。三十分以上経ったであろうか、すべての反応がなくなったのを確かめ、私は呟くようにしかし力を込めて言った。

「ご臨終です」

わっと泣き崩れる家族が三辺さんの傍に寄り、誰もが泣きすがった。私は三辺さんに深々と頭を下げその場を引きあげたが、誰も気づかなかった。

私は玄関でじっと待った。どれくらい時間が経ったであろうか。家族の気持ちが一段落した様子を見計らっていた私は、話をすることに決めた。

「このたび、皆様思わぬ事態に苦しまれたことと察します。私も一体三辺さんに何が起きたのか、さっぱりわかりません。とにかく認知症が急速に進行し、亡くなられたのは確かです」

「先生、認知症がこんなに急速に進行するものなのでしょうか？」

誰もが納得のいかない表情をした。

「わかりません。でも、もし原因が突き止められる可能性があるとしたら、それは解剖、病気の原因を突き止めるために行う解剖、つまり病理解剖を行うことによってです。それでも、わからないこともありますけど」

家族全員、びっくりしたように私を見た。奥さんは怒った。

「先生、あんまりじゃないですか。亡くなったばっかりなのに、体を切り刻むなんて、とんでもありませんわ。断わります」

「でも原因を突き止めるには、ほかに方法がありません。」

奥さんは再び泣き叫んだ。その時息子が、四十歳くらいであろうか、母の背中を撫でながら言った。

「先生、家族で話をしますから、申し訳ありませんが外でお待ちください」

私は頷くと玄関の外に出た。冷たい風が私の頬を打った。どれくらい経ったであろうか、息子の声がしたので家の中に入った。

「先生、お願いします。原因がわからなければ、どうしようもない。たとえわからなくてもいいから、やってください」

私は再び奥さんと家族に話をし、詳細はまた連絡しますと言ってから、診療所に戻った。

私はあらかじめ用意してあった剖検承諾書を取り出した。もともと私は外科医であったから、勤務医であった頃は、亡くなられた方には剖検をお願いしていた。多くの家族は拒否したものの、中には医学の進歩に役立ててほしいと了解される家族もいた。解剖室のいろいろな光景が目に浮かんでは消えた。

私は電話を取った。電話はすぐつながった。

「そちら、東南大学医学部の病理学教室でしょうか。阿南教授はおられますでしょうか。私は　鹿内介司といって、開業医です。鹿内と言えば、わかると思います」

長い時間が過ぎたように思えた。私は同級生であった彼と、若かりし学生の頃のことをいろいろ思い出しながら待った。突然威勢のいい声がした。その声は変わりなかった。

「おお、鹿内か。久しぶりだな。元気か？　五年前の同窓会は楽しかったぞ。そうか、それなりに忙しい。良かったじゃないか。俺んところは、最近病理解剖の症例が減り、剖検数が少なくなって困っているよ。今や様々な機器が開発されて、解剖しなくてもわかることが多くなったからな。それに年寄りばかりで、目新しい病気はあまりお目にかかれない。病理学教室に入局する者も減り、予算も減らされて、教室が消滅する危機にある。踏んだり蹴ったりだ。それにしても久しぶりだね。一体何の用だい？」

「解剖をお願いしたい患者がいるんだ」

私は病状をかいつまんで説明した。私の話を聞いていくうちに、彼は次第にくぐもった声になっていった。そして声も落ち着かなくなった。

「それでなんだって、俺に解剖をお願いしたいって言うのかい？」

「頼む、おまえ以外には頼めないから」

しばらく沈黙があったが、彼は小さい声で言った。

「だけど、そうだとして、ダニかなんだか知らないけど、俺の思っている疾患だとしたら、そんなことで感染するなんて、聞いたことがないぞ。散発性じゃないのかい?」

「そうだといいんだが」

意を決したのか声が大きくなった。

「わかったよ。解剖するよ、俺の役目だから。だけど十分な準備が必要だから、少し時間をくれるかい。いや、剖検は今日もないんだけど、準備がね。そう、車はこちらが手配するから」

「ありがとう、連絡を待つよ」

私は肩の荷がおりた気がした。

昼過ぎに三辺さんの家に車が止まった。黒ずくめの大型車だった。車から出てきたのは四名の屈強な男たちだった。真っ白な防御服に体をすっぽり包み、目以外はすべて覆われていた。

私は剖検承諾書を手渡すと、重々しく一人が受け取った。そして家の中に入り、家族と遺体に深々と頭を下げると、彼らは無言で、遺体をゆっくりと持ち上げ、貴重品を運ぶかのように慎重に車の中に入れた。バタンと後ろの扉を閉めると、彼らの一人が車から降りた。

「私は阿南教授の助手をしている谷垣と申します。ご遺体は阿南の指示により、私どもの教室に運びます。後日阿南から報告があるかと思います」

車はゆっくりと去った。近くの住民が何事が起きたのかとあちらこちらから顔を出したものの、見てはいけないものを見たとでもいうように、すぐに自分の家に引っ込んでしまった。

「先生、なんであんなふうに厳重な装備でみえたんですか？」

妻と息子は悲しみを忘れたかのように、疑いの目を私に向けた。

「私にもよくわかりません。解剖するとなると、準備万端というのが、解剖する側の立場ではないでしょうか」

誰も納得した表情はしなかったものの、それ以上は何も尋ねてはこなかった。

〝あいつも、自分と同じ診断を下しているのかもしれない。そうだとしたら、一体どういうことになるのだろうか〟

私は暗澹とした気持ちで、真っ青な青空を見つめ続けた。

どれくらい日にちが経ったであろうか、妻がぼんやりとした表情で私を見た。

「どうも最近、だるくてだるくて仕方がないわ。なんだか物覚えも悪くなって、言ったことをすぐ忘れてしまう。どうしたんでしょう？」

妻はぼんやりと私を見た。その目は虚ろに見えた。

〝まさか、妻までも……〟

◆
◆
◆

青年は思わずノートを閉じた。思いもしない展開だった。窓の外からは、相変わらず暖かい日差しが青年の背中に降り注いでいた。外の平和が嘘のようだった。

〝こんなできごとがあっただなんて、何も知らされていなかった。本当のことなのだろうか〟

青年は先を読もうとしてノートを開いたが、その後はすべて空白のページだった。

〝これでは何がどうなったのか、さっぱりわからないが……〟

そう思いつつ空白のページをめくった。すると突然何かが飛び出して床の上に落ちた。拾い上げると封筒だった。しかも二通あった。一通は開封されており、中に手紙が入っていた。

青年の手は震えていた。そして青年は時の経つのも忘れ、その中身に溺れていった。

◆
◆
◆

〈阿南教授の手紙一〉

剖検結果を電話で伝えたけど、言い足りないと思って、手紙を書く気になったよ。なにしろ貴重な症例だからな。電話でいろいろと話をしたけどそれだけでは俺も不安になって、俺の考えをまとめてみたというわけだ。電話じゃ何かもの足りない気がするからな。何しろ俺自身がいままで解剖したことはなくて、文献だけで得た知識しかなかったから、それはそれは緊張したよ。お前の話を聞いた途端、もしかしたらと思って、重装備で患者を受け取りに行き、そのつもりで病理解剖を行ったのは結果として正解だった。

電話で話した通り、死因はクロイツフェルト・ヤコブ病、お前の予想通りだ。急速に認知症が進行して死に至る、難治性の神経疾患だ。俺の懇意にしている神経内科医が、ＡＬＳ（筋萎縮性側索硬化症）とクロイツフェルト・ヤコブ病だけにはかかりたくないと言っていたのを思い出すよ。脳は肉眼的には海綿状変化が随所に見られ、穴だらけになる。この患者も同様だった。顕微鏡的所見では神経細胞は多くの部位で消失しており、代わりに星細胞が増殖していた。クロイツフェルト・ヤコブ病に特有な病理所見だ。しかも、タンパク分解酵素に抵抗するプリオンタンパクが存在していた。

お前が知っているかどうかわからないが、あえて教科書的にいえば、正常のプリオンタンパクは神経細胞にまとわりついており、神経細胞の機能に大きな役割を果たしている。プリオンとは、単なるタンパク質にすぎない。だが、正常なプリオンがどういう理由かわからないけど、異常型プリオンとなると、とんでもないことに神経細胞を破壊してしまう。異常型プリオンが増殖することによって、神経細胞がどんどん破壊され、脳の機能が著しく障害され、急速に認知症が進み、死に至るわけだ。残念ながら、現代医学では治療方法はまだ見つかっていない。異常型プリオンによって引き起こされる病気が、プリオン病であり、クロイツフェルト・ヤコブ病もその中の一型とされている。

診断はついた。だけど問題なのは、お前の診断が正しいとしたら、どうしてこのような患者が集団で、少なくとも同じ時期に数人発生したのかということだよ。クロイツフェルト・ヤコブ病は人から人へと感染することはないとされている、患者の血液が体内に入らない限り。患者は公民館にいたことがあり、しかもダニに刺されたような痕があり、ダニが媒介したのではないかとお前は言う。ネズミに寄生するダニだとしたら、人の血も吸うイエダニかな。

さらにネズミが多く死んでいたという。そうだとしたら、クロイツフェルト・ヤコブ病に感染したネズミに寄生していたダニが公民館の布団などに隠れていて、人間の血をダニが吸っているうちに異常型プリオンが人間に侵入したとお前は推測している。ネズミに寄生していたダニを介して異常型プリオンが人間に入って、その結果クロイツフェルト・ヤコブ病を発症したと……。

だけど、そんな話、聞いたことがない。お前は知っているかどうかわからないけど、俺だって余り知らなかったけど、成書など読んだら、人のクロイツフェルト・ヤコブ病にはいくつか病型があって、散発性（特発性）と家族性、それに医原性というか集団発生型などがある。この患者の場合は家族性ではないようだから、俺は散発性のクロイツフェルト・ヤコブ病だと思う。確かにクロイツフェルト・ヤコブ病が人間で集団発生することも報告されている。そのいい例が医原性だ。有名なのは、人工硬膜の例がある。脳神経外科の疾患では、脳腫瘍や頭部外傷の手術で硬膜を除去しなければならないケースがあるために、硬膜が欠損することがある。欠損部を補修するために、亡くなった人間の硬膜を使って、手術した患者に使用することがかつてあった。使われた硬膜がクロイツフェルト・ヤコブ病に汚染されていて、それを使った患者が多数クロイツフェルト・ヤコブ病を発症したという悲劇があった。確か東ヨーロッパで亡くなった人の硬膜を日本に輸入して日本人に使ったために、日本人に多く発症したらしい。統計もとられているはずだ。当時大分問題になったはずだが、一般人には関係なかったから、そう騒がれもしなかった。

そういうわけでクロイツフェルト・ヤコブ病は伝染病ではある。どの国家も慌てて中止したために、その後の発生はない。脳の手術で感染することも報告されている。あるいは正常な患者にクロイツフェルト・ヤコブ病で汚染された血液を輸血すると、クロイツフェルト・ヤコブ病を発症することがあるらしい。だから伝染性は確かにあるようだ。ただ人から人への接触感染はないとされている。

だけど、この剖検した患者は、そんなことは一切ないわけだよ。だから本来散発性のクロイツフェルト・ヤコブ病だと俺は思うんだが、お前の推測によると、それは伝染性の疾患ということになる。しかもその原因が、ネズミが持っていた異常型プリオンがダニを仲介して人間に伝染したとお前が推測するとしても、だ。そんな症例は俺の調べた限りでは皆無だ。まあ推論自体は勝手だ。だけど、無理筋じゃないかい。

さっきも言ったように、異常型プリオンが引き起こす病は、プリオン病と呼ばれている。類似疾患に、パプアニューギニアの種族の中で食人習慣のある者に出現したクールーという病気があり、狂牛病も類似疾患とされていることはお前も知っているだろう。確かにヒツジやヤギ、シカ、ミンク、牛、猫などでも同様の疾患があるから、どの哺乳類で感染してもいいかもしれないけど、ネズミのような齧歯《げっし》類は聞いたことがないな。そもそもどうして正常なプリオンが異常型プリオンに変化するのかその原因はわかっていない。いろんな説があるがどの説も納得いくものではないようだよ。俺だって門外漢だから、俺が調べた限りのことしか言えないけど。

とにかく、謎の多い伝染性疾患だ。いろいろな推察ができるだろうけど、少なくともネズミとダニから感染が広がったというのは、あまりも暴論ではないだろうか。その説は納得できないよ。だからこの患者は、俺はあくまでも散発性のクロイツフェルト・ヤコブ病だと思うんだ。ほかに剖検症例があって新たな事実が見つかれば別だけどな。

あ、それと、プリオンそのものは、ただのタンパク質で、細菌でもウイルスでもないので、生き物とは見なせない。でも無名だが、暴漢だ。しかも異常型プリオンは多くの消毒薬の効果が少ないとされている。焼き殺すのが一番だ。たかがタンパク質なのに、厄介な奴だ。剖検も厳重に防御して行った。着衣はすべて焼却したよ。ある意味ヒヤヒヤしたぞ。

お前もこの患者で針刺し事故を起こしたというから俺はとても心配だ。お前は医療の最前線で戦っているんだから、十分気をつけてほしい。暇をみつけて、ゆっくりと養生しろよ。俺もだけど、世間の連中はこんな危険なことも理解しないで、のうのうと生きていやがる。それだけじゃない、医療側というのは常に批判される対象だ。それなのに俺たちが病に倒れたって、世間はなんとも思わないさ、あいつらは。
じゃ、また連絡するから。くれぐれも体に気をつけるように。

◆　◆　◆

青年は呆然としながら手紙と封筒を交互に見つめた。

〝そんな馬鹿なことがあるのだろうか……作り話じゃないのか。それにしては話は具体的だ〟

頭の中がぼんやりするうちに疲れが出たのか、青年は椅子のそばにあったソファの上にごろりと寝そべった、何が起きたのか考えるうちに、青年に眠気が襲った。青年は不覚にも眠ってしまったのである。

どれくらい経ったであろうか。一～二時間経ったのかどうか、青年が目を覚ますと、窓の外からは依然として暖かい日差しが青年の背中に注がれていた。

青年はハッとしてもう一つの封筒に目をやった。なぜか、封は切られていなかった。やはり阿南教授からのものだった。

青年の手は心のためらいを吹っ切るかのように封を開き、その手は中身を取り出していた。

◆　◆　◆

〈阿南教授の手紙二〉

鹿内、診療所に何度も電話したけど誰も出ない。携帯にもかけたけど、メールもしたけどやはり出なかった。どうした。何があったんだ。どうして連絡をよこさないんだ。すぐお前のところに行きたいけど、こちらはこちらで大学からいじめられていて、身動きがとれない。報告書の山だ。期限までに提出しないと、東南大学医学部病理学教室から俺は消される。足元が揺らいでいるんだ。すぐに行けないが、許してくれ。仕方がないので手紙をまた書くことにした。

あれから一カ月近くが経った。何かいろいろなことが起きているようだな。詳しいことは俺にはわからないけど。

ところで散発性のクロイツフェルト・ヤコブ病だと確信していれば報告しなかったんだけど、そう、お前の意見があったから、一応保健所には連絡しておいた。保健所の連中も、そうですかと答えただけだった。彼らにしても、病気の知識は全くなかっただろうから、当然だよな。

だけどそれから二週間くらい経っただろうか、厚労省の技官が突然俺のところに来た。要はこの患者についてのことだった。どうやら住民たちが騒ぎ始めたようなんだ。恐ろしい伝染病が現れ、人が何人も死んでいると住民が騒ぎ出し、県の保健所に多くの訴えが寄せられたらしい。県は俺の報告もあって、慌てて国に連絡したようなんだ。いろいろ調べている中で俺のところにも調査に来たというわけのようだ。なにしろ貴重な症例であることは間違いないからな。

そいつは若造だった。いろいろと不躾《ぶしつけ》なことを聞いてくるから頭にきた。マイナーとはいえ、いやしくも俺だって国立大学の教授だぞ。だけどそいつは若くたって役人だ。上から目線なんだよな。いろいろなことを言っていたが、要するに、「先生（俺のこと）はクロイツフェルト・ヤコブ病で亡くなられた患者の剖検をしましたよね」と言う。「一人でしたよね」と言うから「一人だ」と答えたら、「そうですか、そうですよね。一人だけですよね」、そう言うんだ。俺は、現場の医師は似たような症例が数例あると言っていると答えたら、その若造は、「いやそんな不正確な話は聞いておりません」と言うから、「それはそうだが」と言ったら、「クロイツフェルト・ヤコブ病の患者は一人でしたよね」としつこく聞くんだ。だから「いや、そうではない、あるいは新たなタイプのクロイツフェルト・ヤコブ病かもしれない」と答えたんだ。だが若造は、「先生は病理学者であられるから、知っていることだけをお答えください」と言うんだ。そして「クロイツフェルト・ヤコブ病の患者は一人でしたよね」としつこい。俺は、ほかの患者のことは知らないから、頷くしかなかった。若造は安心したように、最後は深々と頭を下げ出て行ったよ。一体何をしに来たと思ってふと見たら、ワイシャツの胸ポケットに録音機があった、なんて奴だ。

だが、それだけでは終わらなかったよ。数日後にその若造が数人の男を連れてきた。重装備だった。「剖検の材料すべてを預かりに来ました」と言う。なんとふざけた野郎かと睨んだら、ポケットから学長と医学部長の許可証を出してきた。二人ともすべては国の資料として提出することに同意すると書いてある。「なんで俺の許可なしでやるんだ」と言ったら、若造は、「上司が許可されておられますから」と、冷ややかに笑った。それじゃ泥棒じゃないか。頭に来たけど仕方がなかった。

結局、この患者の資料は全部持って行かれた。しかも剖検報告書などの書類も含め一切合切だ。東南大学は官立で、学長も医学部長も国立出身だから、官僚には頭が上がらないってわけさ。あいつらの根性、なってないな。この俺に無断で、しかも国にペコペコして、だ。この国は良くならんよ。とにかくそういうわけで俺のところには何も残ってない。裸にされたも同然だ。

それから詳しいことは知らないけど、お前の街の噂が入ってきた。街に悪魔がやってきたとか、街から人が逃げ出しているとか、誰も住んでいないとか、おどろおどろしい話ばかりだ。そんな馬鹿なと思って、お前に連絡したんだ。だけどお前は音沙汰なしだ。連絡がつかないから、お前のことが本当に心配になってきた。こちらのつまらん仕事が片づいたら、すぐお前のところに行くから待っていてくれ。とにかくいてもたってもいられないよ。仕方がないのでこうやって手紙にしたというわけだ。お前が読んでくれたらもうけもんかな。

とにかく、何が起きているのか俺にはさっぱりわからん。お前からの連絡を待つ。

体にはくれぐれも注意しろよ。

◆
◆
◆

青年は手紙からしばらく目を離すことができなかった。青年の手は震えていた。

〝そんな馬鹿なことが。やはり信じられない。おきたことすべてが〟

そう呟きながら、二通の手紙を何度も読み直し、はっとした。

〝二通目の手紙の封を切っていないということは、封筒が届いた時は、すでに鹿内先生の身に重大な異変が起きていたといことなのか〟

とその時、天井でゴトゴト動く音がした。

〝なんだ、この家にはネズミがいるのか〟

青年は思わずぎょっとした。そして腕を見ると、数カ所ブツブツした発疹があることに気づいた。よく見ると、何かが腕に絡みついており、食いついて離れなかった。慌てて振り払うと、ぷっと膨れた胴体が潰れ、血が吹き出した。

〝悪魔め、まだ、いた、のか。まさか……〟

青年は、ノートと二つの封筒を手に握りしめると急に立ち上がり階段をかけ下り、建物から逃げ出すように玄関を出た。そして青年は、後をふり返ることなく走り去った。

◆
◆
◆

〈消された街〉

　日はまだ明るかった。青年はすぐさま市役所に向かった。市の職員は青年があの街の診療所の医者になることを知っていたので愛想良く青年を迎え、すぐさま面談室に案内した。広瀬衛生部長が現れるのにそう時間はかからなかった。青年は今朝診療所の鍵をこの一室で広瀬部長から手渡されたことを思い出した。長い時間が経過したようだったが、まだ半日も経っていなかった。

「先生、このたびは、あの診療所を受け継いでくださるということで、本当にありがとうございます。で、下見にいかれて、いかがでしたでしょうか。古い建物ですから、いたんでいるところもあろうかと思います。どこをどう修繕すればいいのか、ご指示をいただければありがたいことです。我々としても積極的に応援する所存でございます。もちろん資金面でもですが。何しろあの街唯一の診療所になるわけですから」

柔らかな言葉遣いだった。青年は、じっと広瀬部長を見たまま何も喋らなかった。どれくらい時間が経ったであろうか、広瀬部長は不思議そうな表情を浮かべた。

「何かご不審な点でもおありでしょうか？」

青年はじっと広瀬部長を見続けたままだった。出されたお茶はとっくに冷めていた。

「何があの街で起きたのでしょうか？　本当のことを言ってください。私は診療所にあった院長のノートを読みました」

広瀬部長は顔色を変えた。診療所は立ち入り禁止になっていたため入ったことはなく、もちろん院長のノートのことも知らなかった。あれから二十年以上経過しており、当時の衛生部長はおらず、広瀬部長はその五代目だった。広瀬部長はしどろもどろになった。口伝えで話は聞いてはいたが、長い年月を経て、何が起きていたのかはうやむやになっていた。起きた出来事は忘れ去られていたのである。おまけに広瀬部長は着任したばかりだった。

広瀬部長ははっとした。

〝そういえば、そうだった〟

「私は当時のことは全く知りませんが、あの当時の衛生部長のご指示があり、二十年以上経ってもしあの診療所を使う者が現れたら、会議室の奥の金庫に大事な書類があるから、金庫を開けて書類を見せてほしいと言われております。よろしければお見せいたしましょうか」

「見せてください」

広瀬部長はじっと青年の顔をのぞきこんだ。その真剣な表情に動かされたのか、自分があずかり知らぬことに後ろめたさを感じたのか、おもむろに席を立つと、奥まった部屋に鍵を取りにいった。

しばらく待たされたが、広瀬部長が現れ、青年を奥の方に連れていった。市役所も結構広いもんだ、そう青年は呟きながらついていった。そしてちょっとした広さの会議室に案内された。どれくらい経ったであろうか、広瀬部長は書類箱を抱えて戻って来た。

「ここに当時の資料があります。私は全く見ておりませんが、読んでみてください。ただし室外の持ち出しは禁止ですから、この部屋でお読みいただきます。私は別室におりますから、読み終わったらお呼びください」

広瀬部長は静かにドアを閉めた。

青年は一瞬目を見張った。膨大な文書ではないかと推測していたが、箱を開けると、手書きで走り書きされた書類でしかなかったからである。青年は時間の経つのも忘れ、文字を追っていった。

◆　◆　◆

今中部長の報告書

私はこの度の災害を担当した衛生部長の今中である。この度の件では、非常に心を痛めておるところである。あの街でどんなことが起き、そしてどんなふうに行政が関わるべきであったのか、市の総力を挙げて見直してみる必要があると私は今でも思っている。私の役職はまさにそういう立場にあった。

私は保健所からの報告を受けた直後から、原因はわからないにしても、伝染病であるとしたらとんでもないことになると思った。そこで早急に対策を取る必要があると感じた。直ちに市長に直談判し、指示を仰いだ。市長だって病気のことは皆目わからないし、何をどうすればいいのか、ピンと来ていなかった。もちろんそうだろう。災害とはいえ、目に見える何ものもないし、急性の伝染病のように、目の前で市民がバタバタ亡くなるわけでもないから、当然のことであろう。

私自身病気の名前すら知らなかったから、いろいろ資料を漁ったが、あまり参考にならなかった。数少ない資料からすると人から人へ感染することはなく、何かを媒介《ばいかい》して感染するわけでもないという印象は持ったものの、実際に患者が何人か出たとなると、伝染性が高いかもしれないので捨ててはおけないと判断した。

最悪のことを想定してことを運ばなければならなかった。市長もそのうち事の重大性に気づいた。どちらかといえば、真摯に話を聞く市長であり、職員の声を聞くことにやぶさかではなかった。だが、早々に対策会議が開かれたものの、いい案は浮かばなかった。そりゃそうだろう、同じような経過をたどり、急速に進行する認知症患者が数名いて、そのうちの一人がクロイツフェルト・ヤコブ病だったものの、確定診断はたった一名であり、それ以上の事実があったわけではなかったからである。

会議ではそんな病気が伝染するなどあり得ないという意見も出た。確かにそうである。もっとじっくりと経過を見るべきであり、慌てる必要はないという意見も出た。確かにそうである。誰も的確な判断ができなかった。だが、そこで市長は決断した。これは捨ててはおけない、県と国とに相談すべきである、と。

誰もが黙った。そこまで広げる意味があるのか、と数人が不服そうな表情を浮かべてはいたものの、もしも後手にまわったら、言い逃れはできない。今や、行政の責任を問う裁判があちらこちらで行われており、しかもしばしば行政や国は負けている。このままにしておいて問題が起きれば、その責任は我々が負わなければならない。病気そのものよりも、責任問題もあって市長は決断したのかもしれない。いずれにしても、県と国には私の方から連絡したのである。だが県や国の反応も今ひとつだった。わかりました、検討してみます――それっきり返事はなかった。そんなごくまれな病気が強い感染力をもつとは、とても思えなかったからであろう。

だが、予想外のことが起きた。住人が騒ぎ出したのである。頭がおかしくなってしまう病が流行っているようだ、何人もの住民が感染したというが本当か、対策はどうなっている、この街はどうなってしまうんだ、などと、騒ぎ出したのである。職員は何のことかわからず、私に対応を尋ねてくるのだが、私だってどう対処すればいいのかわからなかった。だが、決定的だったのが、その街の医者の病状だった。一緒に働いていた看護師から、どうも先生の様子がおかしい、何を言っているのかわからないし、ふらつくし診療にならなくなり、ある医療施設に連れて行かれたとの報告を受けたからである。さらにおかしいことに、奥さんも同じ症状を呈していた。捨ててはおけない事態となったのである。

医者がいなくなったので、街では通院できなくなった患者の行き場がなくなり、大混乱をきたしていた。しかも医者も同じ病に倒れたのではないかというので、一気に街は死んだようになった。誰も外に出なくなり、恐怖が街を襲っていた。そういう訳で住民が市役所に押し寄せたというわけだ。

私は住民と直接会ったが、猜疑心に満ちた住民の目は怒りに震えていた。正直私は怖くなった。しかも日を追うごとに街の静けさと反比例するように市役所は住民で溢れるようになり、日常業務に支障をきたすようになった。あげくの果てに、「市長に会わせろ！」「市長は現場に行け！」などという声が強くなっていったのである。そればかりか、住民が市長室に押し入ったり、市長を軟禁状態にする事態にもなった。

当然のことながら、放置できなくなったのである。市から県に、県から国に事態の深刻さが伝えられたのであろう。国から調査団が入ったようである。市長は知らされていたのかもしれないが、私たちには何の連絡もなく、密かに、しかも綿密に調査は行われたようである。相変わらず私には何の情報も入ってはこなかった。何の報告も得られないまま、数週間が経った頃だっただろうか、突然市長が幹部職員を招集した。私も呼ばれた。会議室のドアは厳重に閉ざされ、幹部以外の誰も中に入れなかった。市長は皆の顔をぐるりと見渡すと、苦渋の表情を浮かべ語りかけた。

「春山町はもともと高齢者が多いために、認知症の患者も多く、皆様ご存じの通り、市や県の行政も様々な対策を行ってきた。その街に認知症が急速に進行して死に至る患者が数例いると市に報告があった。病理解剖を行ったところ、剖検医はクロイツフェルト・ヤコブ病と診断した。伝染性のものではなく、散発性のクロイツフェルト・ヤコブ病との診断であり、ほかの患者の死因は不明である。ほかの地域での報告は一例もない。だが国の調査団が入り様々な調査を行った。そして私が知事から報告を受けたのは、今朝のことである。国からの通達の要旨は以下のごとくである」

市長は八項目を読み上げた。

一、春山町で急速に進行する認知症の患者が数名出て、亡くなった。うち一人の死因はクロイツフェルト・ヤコブ病であるが、原因を特定できたのは、一例に過ぎず、ほかの患者の死因は不明である。散発性と判断されるが、伝染性があることも否定できない。

二、急速に進行する認知症の患者が今後も現れる可能性は否定できないし、今後どう進展するのかはっきりしない。だが、万が一のことを考慮すると、このままにしておくことはできない。

三、この地区の住民全員をすべて退避させること。

四、早急に行うこと。

出席した幹部職員は思わず立ち上がり、誰もが驚きの声をあげた。私もその中の一人だった。そんな馬鹿なことはできないと、その場は騒然となった。市長はじろりと周りを見渡し、そんな声を無視した。誰もが固唾を呑んで市長を見つめた。

五、建築物をすべて焼却すること。また樹木はすべて取り去り、庭や道路といわず敷地内は、残らず消毒薬を散布すること。
六、二十年間は、この地区に居住することを禁じること。
七、現在認知症とされている住民一人一人を厳重にフォローアップし、どういう経過をたどるのか、正確な情報把握に努めること。また認知症ではない住民も一人一人厳重にフォローアップすべきこと。その資料は国が保管管理し、県や市は関与しないこと。
八、今回は、超法規的処置であり、強引とも思える対処ではあるが、事態の緊急性にかんがみ、やむを得ない処置である。遅滞は許されない。すべて早急に実行に移すこと。

今度は誰もが沈黙した。気づくと、市長は夏でもないのに、大汗をかいていた。市長は続けた。

「私は何も知らされていなかった。私も当事者であるはずなのに、だ。国が主導で決め、県に通達し、先ほど私のもとに連絡があったというわけだ。だけどぐだぐだ言っても仕方がない。時間がない。とにかく、この決定に従わなければならない。何が正しいか正しくないのかわからないが、決められた以上、決定に従わなければならない。市だけではできないので、県も応援にくる。また予算は国が確保してくれるそうだ。皆さん、大変な事態ではあるが、これからが正念場だ。何か質問はありますか?」

私を含め、誰もが呆然として市長を見つめるばかりだった。一方市長の表情は柔かくなった。必要な報告を伝えたからであろう。

「ああ、それと、議事録は残さないでほしい。県も国もピリピリしているから、余計な意見が出たとなると、ことがスムーズに行かないかもしれないから。変なところからリークされても困るだろう」

その時私は、それではいけないと直感的に感じた。この会議で議論されたことは、後世のために残しておくべきだと私は思った。そこで会議が終わってから、私の覚えている限りのことを記録として残した。手書きで残したこの文書のことを知っているのは、私の後任の衛生部長だけだ。ほかには誰も知らない。このメモは、この部屋の会議室の金庫に置いておくことにする。

質問の要旨は以下のごとくであったと思う。

「住民には、この緊急事態をどう説明するんでしょうか？」

「原因不明の感染症の可能性があり、放置できないと判断したと説明するんだ。先手を打つべきであると、市、県、国が判断したと。何も手を打たないでいて、もしもその地域だけではなく他の地域まで病が広がったとしたら、行政の責任は重い。私だって大変なことになる」

「なぜそんなに急ぐのでしょうか？　もっと時間をかけてもいいのでは？」

「実は、極秘であるが、公民館に行っていない住民にも被害が広がっているようなんだ。どうやら異常型プリオンに感染したダニが街に広がっているようだ。もっとも調べた限りネズミはほぼ公民館にしかいないようだ。しかも公民館のネズミの多くは死んだようだ。もっともネズミがいてダニが寄生しても、人間との接触がなければ伝染することはないらしい。幸いあの街は周りには住家はほとんどなく、ネズミが街の外に出ようが、人との接触はまずないようだから、感染の恐れはないと思われるというのが国の考えだ。だからといって、公民館以外にネズミがいないという証拠もない。こころして取り組むべきだろう」

本来担当者は私であるにもかかわらず、何も知らされていなかった私は、呆然と市長の話を聞いた。

「住民をすぐさま移動するといったって、反対する者も多くいるのではありませんか？」

「どうかな。不安ななかで生きることを望む者は、そういないだろう。第一あれほど市庁舎に押しかけてきたんだ。移転先さえしっかり確保しておけば、納得するだろう。最終的には移転に賛成する者は多くなるはずだ」

「補償額はどうするんですか？」

「一定の補償は必要だろうが……。言い方は悪いが、住民の多くは高齢者だ。そうたいした額にはならないだろう」

「このように多数の避難民を抱えることは、大災害以外考えられません。マスコミは、原因不明の病のこともあり、大々的に報じ、収拾がつかなくなりませんか？」

「だけど本件は明らかに大災害だ。今は目に見えない大災害の前触れだと考えるべきだ。先手を打つんだ。ああ、マスコミの件は、国が大手マスコミにあらかじめ手を打つそうだ。報道によって国中が大混乱になっては困るから、国が全力でマスコミの暴走を避けるようにするそうだ。こういうケースでは国家権力が使われるのも仕方がないだろう。また地方紙にも市と県で相談して報道を規制することにする。デマが飛び交ったり、あらぬ噂をしたりといろいろあるかもしれないが、市の広報に重要なことは載っているから、市のみ信用するようにと、機会があるごとに宣伝すべきだろう。住民は市の広報を信用するに違いない。もっともそう仕向けるしかないだろう。とにかく原因はわからないが、先手を打って念のために対処すると伝えれば、そう大きな混乱はないだろう。なにしろ今のところ数十万の市民の中のごくごく一部の地域に限定されたことでしかない。多くの市民や県民や国民にとって、所詮、他人事だ。殆んどの人間は、我が身にふりかからなければ、いずれ忘れてしまうもんだ。それに自然災害のような広範な影響はないから、いずれ沈静化するはずだ」

「実際にはいつから取りかかるのでしょうか？」

「早いほうがいい。明日からでもすぐにとりかかってください。緊急事態なんだ。空いている土地を探し、仮設住宅を建てて急いで移ってもらいます。そのあとのことはそのあと考えることにしたい。それとダニはどこに潜んでいるかわからないから、布団、カーペット、ソファなどに限らず、あらゆるものは置いていってもらう。財産に関わる物以外は、持ち出し禁止だ。言い方は悪いが、住民には裸で街から去ってもらう」

「そんなことできません」

と言う声が数カ所上がった。市長はじろりと皆を見渡した。

「だが、行政が率先してやらなければ、誰がやるんだ。このままでは甚大な被害が生まれるかもしれない。どうしても私たちが率先してやらなければならない」

「地価はどうなるでしょうか？」

「馬鹿なことを聞くな。住めなくなるんだ、少なくとも二十年間は」

「二十年という基準は、どこから出てきたんですか？」

「私に聞かれても、そんなことは知るはずもない。もっとも二十年を過ぎれば、誰もが忘れてしまうだろう」

　そして市長は思いついたように皆を見渡した。

「そうそう、春山町の名前を変えることにした。そうだ、栄町に、だ」

　一瞬の静寂ののち、誰かが呟いた。

「街は消えるんですね」

　別の誰かが叫んだ。

「そうじゃない、街は消されるんだ」

　誰もがはっとしたように、お互いの顔を見た。市長は言った。

「いいか、ここだけの話だけど、我々は遭遇したこともない伝染病と対峙していると考えるべきだ。ネズミという動物、そしてダニという虫、さらに困ったことに細菌でもウイルスでもないプリオンという得体の知れない真犯人を相手にしなければならない。我々は見えない敵と戦わなければならない。敵は生半可なやり方では生き残ってしまうだろう。それではだめなんだ。徹底的に殲滅しなければ、後悔することになる。甘えは禁物だ、覚悟してこの難局をのりきるべきだ。異論はあるかな？」

重々しい空気が会議室を包んでいた。市長はほっとため息をついた。

「もう質問はないかな。やるしかないんだ。考え出すときりがないから、この辺で会議を打ち切ることにする」

するとー人の職員が声を上げた。

「市長のお話をうかがっておりますと、あの街で何が起きたのかが全くわかりません。クロイツフェルト・ヤコブ病の患者が一名いて、ほかに数名の疑わしい患者がいる。伝染病の可能性があるから、住民を移転させることにしたとおっしゃっておりますが、この緊急事態についてもっと詳しく住民や市民に伝えるべきではないでしょうか。だいたい当事者である我々も、何がこの地区で起きたのかはわからないまま、この事態に対処しなければならないのですから。もっと正確な情報を市として発信すべきではないでしょうか」

市長はむっつりと押し黙った。どれくらい経ったであろうか、重い口を開いた。

「君たちの考えはよくわかる。だが、現実を考えてみてくれ。国は事態をとても重くみている。今回のやり方は常軌を逸しているようにもみえるが、国は緊急事態であることを把握しているんだ。だが、事実を公開して、一体何が起きるだろうか。混乱と誹謗中傷、悪意ある中傷やデマが飛び交い、収拾がつかなくなるだろう。あまり知られていないが、ずっと以前に起きた原子力発電所の事故だって、あの当時リアルタイムに事実を報道していたら、どうなっていたか考えてもみたまえ。国民の誰もがパニックに陥り、収拾がつかなくなったことだろう。国民の知らないうちに事態は解決したんだ。それで良かったんだ。国民というのは、決して賢くない。安易に流れ、恐怖に打ち負けるものだ。嘘でもいいから、危機的な事実から目をそむけ、真実を見ようとはしない。そんな国民に我々は事実を告げるべきだろうか。嘘を言ってはならない。だけど、真実を伝える必要はないんだ。この地区にクロイツフェルト・ヤコブ病の患者が一名いた。そして数名、同様の症状の者がいた。因果関係はわからない。だが、最悪のことを考えて、先手を打つ必要がある。それがこの災害に対する答えだ。国民に事実を告げようが告げまいが、やることは同じだ。国民を混乱に導く推論や事実をあえて伝える必要は、国民のことを考えればないんだ。事実を伝えたら動けなくなるだろう。事実ではなく結果を重視する、政治とは所詮そういうものではないのか？　そう私は考える。どうだ、君たち」

誰もが下を向いたまま微動だにしなかった。

〝国民というのは、決して賢くない。安易に流れ、恐怖に打ち負けるものだ。嘘でもいいから、危機的な事実から目をそむけ、真実を見ようとはしないものだ〟

気づくと市長はじっと目をつぶったまま宙を仰いでいた。

そんな中、私は「市長！」と言って手を上げた。市長は驚いたようにじっと私を見てから、頷いた。

「最後の質問にしたい」

「実は衛生部長の立場でお願いしたいことがあります。この街は焼却されることによって全てが失われます。つまり一体この街で何が起きたのか、誰もわからないことになります。何が起きてどうなったのか、そのほんの一さわりでも残しておかなければ、後世に禍根を残すことになるのではないでしょうか。広島の原爆ドームのような、何かを残さなければならないのではないでしょうか。二十数年経って何らかの事実がわかるかもしれないのです。私としては、どうみても公民館が今回の出来事に大いに関係しているように思いますので、その建物だけは保存しておきたいのですが……」

市長は一喝した。

「馬鹿を言うな！　そんな危ない建物を残すことは、逆に後世に禍根を残すだけだ。ならん！」

市長の判断は正しかったのであろう、誰もが口を挟まなかった。

「それに、国が許さないだろう。この街すべてを焼却する必要がある」

「お言葉ですが市長、何かがあったことを象徴として残すことには意義があるのではないでしょうか。後日、ずっと後になってから、そこがこの度の災害の原因をひもとくことになるかもしれないのですから」

急に場の雰囲気が変化したようだった。香坂医療部長が大声を上げた。

「そうです、あの、あの診療所を残すのはどうでしょうか。従来の認知症であれ、今回の原因不明な認知症であれ、多くの患者を実際にあそこの院長が診察していたわけで、何らかの資料があるかもしれません。残念ながらご本人はすでに認知症が進んでおり、話をきけませんが、何十年か経てそこを調べれば、病気について何らかの発見があるかもしれません。市長、どうでしょうか？」

「だが君、僕には感染撲滅という責任がある。例外的な案件を認めるわけにはいかない」

「ですが、この街全部が焼却されれば、何一つ真実がわからなくなります。それでは犠牲になった人々が報われません」

「だが、しかし……」

そこにいた幹部職員全てが、蘇ったように市長を見た。

沈黙が続いた。

「仕方がないな。国と交渉してみるよ。まあ街外れだから、そう大した影響はないかもしれないし。だけど国がうんと言うかな」

私は言った。

「何が何でも承諾していただけなければ、住民が報われません！」

会議は終わった。私は主だった内容を早速メモに残した。これがそれである。その後紆余曲折あったようであるが、診療所だけは残されることになった。ただし、診療所に立ち入ることは二十年間は固く禁止され、二十年過ぎてもしも立ち入る場合には、厳重な管理体制のもとでというように付記された。

私たちは翌日から実務に忙殺された。入居者の搬送から認知症の患者のフォローアップ、焼却手続き、さらに賠償金と一軒一軒交渉しなければならなかった。朝晩を問わず対応に追われた。幸い、この街にいては命が危ないという噂がまことしやかに住民に伝わったようで、移転に関しては思ったよりはるかにスムーズに行われた。だが問題は建物と樹木の焼却だった。この地域一帯を高い塀で覆い、その後あちらこちらで昼夜問わず、焼却処理が行われた。街には炎と煙が立ち込め、辺り一帯は昼間でも薄暗くなったのである。さらに庭という庭、道路という道路には、消毒剤や殺虫剤、殺鼠剤などが散布され、それこそ誰も住めない街になったのである。

そう、三年半かけてすべての処置は終わった。そして住民の追跡もある程度判明した。

その結果はどうなったであろうか。あろうことか、何ら市には報告がなかった。国は国だけで極秘資料とするつもりだったのであろう。だが私はどうしてもといって国に陳情した。そのため、結果だけ手に入れることができた。極秘の内容である。

資料

当時の住民

世帯数　一五五六世帯

住民の数　約二八〇〇人（移動もあって正確ではない）

空き家　一六七戸

六十五歳以上の高齢者　一六八〇人

アルツハイマー病やその他の緩徐に進む認知症患者総数　一七九人

クロイツフェルト・ヤコブ病患者　一人

原因不明の急速に進む認知症患者　三十二人

（すべて六十歳以上。全員二年以内に死亡）

▼　▼　▼

（その後、メモが新たに追加されていた。）

発生から八年後、

現在まで新たな患者の発生はみられない。

私たちは恐るべき伝染病に打ち勝ったのである。

この年、私は定年退職した。

▼
▼
▼

エピローグ

青年は書類を見終わっても、じっと動かなかった。その表情は苦悶に満ち、顔は真っ赤に引きつっていた。

〝診療所に立ち入る際は、厳重な管理体制のもとで……だ、と。私はそんな話は聞いていなかった。鍵を渡されただけだ〟

青年は両腕を見た。数カ所ブツブツとした発赤があり、痒くなった気がした。ダニに刺された患者のゆきつく先を考えると、思わず後ずさりして、自分の腕を振り払った。

と、丁度そこに広瀬衛生部長が微笑みながら部屋に入ってきた。

「どうでしたか、これまでの経過おわかりでしょうか？　とにかくいろいろあったようですけど、この街は立ち直ったんです。皆様のお力で。そして先生のように、お若い先生がこのたびこちらにこられ、新しく診療所を立ち上げられると聞いて、誰もが本当に喜んでおります。私たちも全面的に協力いたしますので、なんなりとご指示をいただければ協力を惜しみません」

青年は突然立ち上がると、広瀬部長を睨み、叫んだ。

「なんということだ！　私は何も知らされていなかった！」

そして部屋を出ようとしてドアを開け、振り返って広瀬部長を再び睨みつけた。

「即刻、あの診療所も焼却すべきです！」

青年はそう言うと、診療室にあったノートと二つの封筒を会議室の机の上に放り投げた。

青年は呆然としている広瀬部長を尻目に勢いよく部屋を飛び出し、市役所を後にした。そして人気のない大通りを、ワーッと大声を上げながら猛然と駆け抜けていった。いつまでもいつまでも、息が切れても駆け続けた。まるであの街から逃げだそうとするかのように、腕を抱えて、走り続けた。その姿を見、声を聞いた人には、次のように聞こえたであろう。

「逃げろ！　消された街」

「消された街、逃げろ！」

数年後、再び調査が行われた。その中にあの青年のその後も記されていた。

青年は健在だった。

離島で小さな診療所を立ち上げ、住民とともに生きていた。


〈了〉

著者プロフィール

安芸 都司雄（あき としお）

1950年 高知県生まれ
1975年 慶應義塾大学医学部卒業
脳神経外科医
日本脳神経外科学会専門医
日本脳卒中学会認定脳卒中専門医
医学博士

(著作)
・意識障害の現象学　世界書院　1990年
・医学の危機　脳死移植と医療倫理　世界書院　1993年
・脳を診る 命に出会う　集英社　1998年
・日本人へ 今なぜ西行か　Kindle ダイレクトパブリッシング　2014年
・意識とは時間である　Kindle ダイレクトパブリッシング　2016年
・省察 イエス、ブッダ、そしてニーチェ　Kindle ダイレクトパプリッシング　2018年
・土佐人のものがたり　文芸社　2022年
他
(雑誌)
・立花隆氏の「脳死」論に疑問あり──一脳外科医の立場から　中央公論 1991年11月号
・手記（東京都済生会中央病院で起きたこと）　中央公論　2001年2月号

消された街 —ある伝染病との闘いの記—

2023年10月15日　初版第１刷発行

著　者　安芸 都司雄
発行者　瓜谷 綱延
発行所　株式会社文芸社
〒160-0022　東京都新宿区新宿1－10－1
電話　03-5369-3060（代表）
03-5369-2299（販売）

印刷所　図書印刷株式会社

ISBN978-4-286-24524-9